Richard Bach

Die Möwe Jonathan

Mit Fotografien von Russell Munson

Für die wirkliche Möwe Jonathan,
die in uns allen lebt

Erster Teil

Es war Morgen,

und die neue Sonne flimmerte golden über dem Wellengekräusel der stillen See. Von einem Fischerboot, eine Meile vor der Küste, wurden die Netze ausgeworfen. Blitzschnell verbreitete sich die Nachricht in der Luft und lockte einen Schwarm Seemöwen an. Tausende flitzten hin und her und balgten sich kreischend um ein paar Brocken. Ein neuer Tag voller Geschäftigkeit hatte begonnen.
Nur ganz draußen, weit, weit von Boot und Küste entfernt, zog die Möwe Jonathan ganz allein ihre Kreise. In dreißig Meter Höhe senkte sie die Läufe, hob den Schnabel und versuchte schwebend eine ganz enge Kurve zu beschreiben. Die Wendung verringerte die Fluggeschwindigkeit; Jonathan hielt so lange durch, bis das Sausen der Zugluft um seinen Kopf nur noch ein leises Flüstern war und der Ozean unter ihm stillzustehen schien. In äußerster Konzentration machte er die Augen schmal, hielt den Atem an, erzwang noch ein... einziges... kleines... Stück... dann sträubte sich das Gefieder, er sackte durch und kippte ab.
Niemals dürfen Seemöwen aufhören zu schweben oder zu fliegen,

niemals dürfen sie absacken. Für eine Möwe bedeutet das Schmach und Schande.
Aber die Möwe Jonathan, die da so ungeniert und ohne Zaudern nochmals mit ausgespannten Flügeln die schwierige Kurve versuchte und immer langsamer werdend wieder absackte, war kein gewöhnlicher Vogel.
Die meisten Möwen begnügen sich mit den einfachsten Grundbegriffen des Fliegens, sind zufrieden, von der Küste zum Futter und zurück zu kommen. Ihnen geht es nicht um die Kunst des Fliegens, sondern um das Futter. Jonathan aber war das Fressen unwichtig, er wollte fliegen, liebte es mehr als alles andere auf der Welt.
Diese Neigung machte ihn bei den übrigen Vögeln nicht gerade beliebt, das merkte er bald. Selbst seine Eltern waren unzufrieden, daß Jonathan ganze Tage mit seinen Experimenten im tiefen Gleitflug verbrachte und seine Übungen hundertfach wiederholte.
Er entdeckte zum Beispiel, ohne den Grund zu wissen, daß er sich länger und müheloser in der Luft halten konnte, wenn er ganz dicht über dem Wasser dahinflog, nur eine halbe Spannweite seiner Schwingen hoch. Dann endete der Gleitflug nicht mit dem üblichen Aufplatschen der vorgereckten Läufe, er setzte vielmehr mit stromlinienförmig dicht am Körper anliegenden Füßen in langem flachen Gleiten auf. Als er aber dann auch bei Gleitflügen über dem Strand mit angezogenen Beinen zur Landung anzusetzen begann und hinterher die Länge der Gleitspur abtrippelte, da wurden seine Eltern wirklich böse.
„Wozu das, Jon? Warum in aller Welt?" fragte seine Mutter. „Ist es denn wirklich so schwer, wie alle anderen zu sein? Warum überläßt du den Tiefflug nicht den Pelikanen oder dem Albatros?! Warum frißt du nicht wie die anderen? Du bist ja nur noch Federn und Knochen, wie siehst du bloß aus."
„Das ist mir ganz einerlei, Mama. Ich muß herausfinden, was ich in der Luft kann und was nicht, das ist alles. Ich muß es einfach wissen."

„Sieh einmal, Jonathan", sagte sein Vater nicht unfreundlich. „Bald kommt der Winter. Da gibt es nicht viele Boote, und die Fische schwimmen nicht mehr dicht unter der Oberfläche, sondern in der Tiefe. Wenn du unbedingt etwas lernen willst, dann lerne, wie man sich sein Futter beschafft. Fliegerei, gut und schön, aber von einem Gleitflug kann man nichts abbeißen, verstehst du? Zweck des Fliegens ist, daß man etwas zu Essen hat, vergiß das nicht."

Jonathan nickte gehorsam. Einige Tage lang versuchte er, genauso wie die übrigen Möwen zu sein; er gab sich wirklich alle Mühe, er flatterte und kreischte mit dem Schwarm um die Anlegestellen und Fischerboote und schnappte im Sturzflug nach Fischabfällen und Brotkrumen, aber er war nicht glücklich dabei.

Es ist so sinnlos, dachte er und ließ absichtlich eine mit Mühe ergatterte Sardine fallen, die ihm eine alte hungrige Möwe abjagen wollte. Schade um die Zeit – wieviel könnte ich da richtig fliegen üben. Ich muß noch so viel lernen!

Und so dauerte es denn nicht lange, und die Möwe entwischte wieder, wagte sich weit auf die offene See hinaus und machte hungrig, aber glücklich neue Flugversuche.

Jetzt ging es Jonathan um die Geschwindigkeit. Nachdem er eine Woche geübt hatte, wußte er darüber mehr als jede andere Möwe. Aus dreihundert Meter Höhe stürzte er sich nach kräftigen Flügelschlägen tollkühn in die Tiefe, den Wellen entgegen, und lernte durch Erfahrung, warum keine Möwe mit voller Wucht solche Sturzflüge versucht. Schon nach sechs Sekunden schoß er mit einer Geschwindigkeit von mehr als hundert Stundenkilometern abwärts, und bei diesem Tempo können die Schwingen dem Luftdruck nicht standhalten.

Es war immer das Gleiche. So sehr er sich auch bemühte und anstrengte – bei hoher Geschwindigkeit verlor er die Kontrolle über den Flügelschlag.

Er stieg hoch auf, mit voller Kraft, setzte flatternd zum senkrechten

Sturzflug an, und dann versagte immer wieder der linke Flügel im Aufschlag, daß der Körper heftig nach links abdrehte. Er fing sich durch Abstellen des rechten Flügels wieder und schoß wie ein Blitz kreiselnd schräg nach rechts abwärts.
Er konnte gar nicht achtsam genug sein. Zehnmal nacheinander versuchte er den Sturz, und jedesmal zerflatterte er bei der hohen Geschwindigkeit und klatschte haltlos als wild gesträubtes Federnbündel hart auf dem Wasser auf.
Schließlich dachte er — tropfnaß —, vielleicht darf man bei hohen Geschwindigkeiten die Flügel nicht bewegen, muß bis zirka fünfzig mit den Flügeln schlagen und sie dann stillhalten.
Er versuchte es noch einmal. Aus sechshundert Meter Höhe kippte er, Schnabel senkrecht nach unten zum Sturzflug, flatterte mit voll ausgespannten Schwingen bis zu einer Stundengeschwindigkeit von etwa achtzig Kilometern und hielt sie dann unbeweglich weit ausgespannt. Das erforderte alle seine Kräfte, aber es gelang. Innerhalb von zehn Sekunden hatte er das schwindelnde Tempo von hundertfünfzig Stundenkilometern erreicht und überschritten. Jonathan hatte einen Weltrekord in Geschwindigkeit unter Seemöwen aufgestellt!
Doch der Sieg war trügerisch. Kaum änderte er zum Aufsetzen aus dem senkrechten Sturzflug den Winkel der Flügelstellung, so verlor er die Kontrolle, der Luftdruck traf ihn wie eine Sprengladung. Er schien mitten in der Luft zu explodieren, dann prallte er auf die See auf, die hart war wie Beton.
Als er wieder zu sich kam, war es bereits dunkel, er trieb im Mondlicht auf dem Meer dahin. Die Flügel waren zerzaust und schwer wie Blei, doch noch schwerer bedrückte ihn das Gefühl des Versagens. Fast wünschte er, die Last möge ihn sacht auf den Grund drücken, daß alle Mühe ein Ende habe.
Doch als er langsam tiefer sank, klang es seltsam dumpf aus ihm heraus: Du darfst nicht aufgeben, aber du bist nur eine Möwe und kannst über deine Natur nicht hinaus. Wärest du zu solchen Flügen

bestimmt, dann hättest du dafür Diagramme, Richtlinien im Kopf. Wärest du zum raschen Fliegen bestimmt, du hättest kurze Flügel wie der Falke und würdest Mäuse fressen statt Fische. Dein Vater hatte recht. Schluß mit den Torheiten. Flieg heim zu deinem Schwarm und finde dich damit ab, daß eine kleine Seemöwe ihre Grenzen hat.
Die Stimme schwieg, und Jonathan mußte ihr zustimmen. Möwen verbringen die Nacht nahe der Küste, auf dem Wasser; und er wollte von jetzt an eine normale Möwe sein, sich dem Schwarm zugesellen, glücklich sein unter seinesgleichen.
Erschöpft hob er sich von der dunklen Wasserfläche ab und zog mit mattem Flügelschlag landeinwärts, froh, daß er früher den kräftesparenden Flug in niedriger Höhe geübt hatte.
Doch nein, Schluß mit alten Gewohnheiten. Schluß mit allem Lernen. Ich bin eine Möwe, dachte er, ich bin wie die anderen Möwen, ich will auch fliegen wie die anderen Möwen. So stieg er mühsam bis zu dreißig Meter Höhe, schlug angestrengt mit den Flügeln und strebte der Küste zu.
Er war erleichtert über die Entscheidung. Er fühlte sich befreit von allem Zwang zum Lernen, von nun an würde es keine Herausforderung mehr geben, keine Fehlschläge. Und es war angenehm, so gedankenlos durch das Dunkel auf die Lichter an der Küste zuzufliegen.
Dunkel! Die dumpfe innere Stimme meldete sich, brüchig im Erschrecken. *Möwen fliegen nicht bei Dunkelheit!*
Jonathan beachtete sie nicht. Schön, dachte er. Mond und Sterne blinken im Wasser und ziehen ihre schmalen Leuchtspuren durch die Nacht. Alles ist friedlich und still ...
Komm herunter! Möwen fliegen nicht bei Dunkelheit! Nie! Wärest du zum Nachtflug bestimmt, du hättest Augen wie die Eule. Du hättest Blindflugkarten im Kopf! Du hättest die kurzen Flügel des Falken!
Doch die Möwe Jonathan, die in dreißig Meter Höhe durch die Nacht flog, achtete nicht auf die Warnung, hörte nur die letzten Worte. Angst, Erschöpfung, gute Vorsätze waren vergessen.

Kurze Flügel. *Die kurzen Flügel des Falken!*
Das war die Lösung! Was für ein Narr war ich doch! Ich brauche nur winzig kleine Flügel, ich brauche meine Flügel nur einzuziehen, nur mit den Flügelspitzen zu fliegen! *Kurze Flügel!*
Er schwang sich sechshundert Meter über die schwarze See empor, und ohne auch nur eine Sekunde an Mißerfolg und Tod zu denken, faltete er die Flügel an den Rumpf, daß nur die wie schmale Sicheln gebogenen Spitzen dem Wind ausgesetzt waren, dann ließ er sich senkrecht fallen.
Tosend brauste die Luft um seinen Kopf. Hundert Kilometer Stundengeschwindigkeit, hundertfünfzig, hundertneunzig und noch mehr.
Der Anprall des Flugwindes auf die Flügel war nun nicht annähernd so stark wie vorher: jetzt konnte er sich mit einer ganz leisen Wendung der Flügelspitzen abfangen, aus der Senkrechten in die Waagrechte übergehen und wie eine grauweiße Kugel unter dem Mond über die Wasserfläche hinschießen.
Gegen den Wind schloß er die Augen halb und schrie jubelnd. Zweihundert Kilometer in der Stunde in voller Flugbeherrschung! Wenn ich aus der doppelten Höhe herabstoße – wie schnell ich dann wohl bin?
Alle guten Vorsätze waren vergessen, waren fortgerissen von diesem Geschwindigkeitsrausch. Ohne Bedenken brach er das Versprechen, das er sich selbst gegeben hatte. Derlei Schwüre gelten nur für Möwen, die mit dem Mittelmaß zufrieden sind. Wer einmal das Außerordentliche erfahren hat, kann sich nicht mehr an die Normen des Durchschnitts binden.
Als die Sonne aufging, war die Möwe Jonathan längst wieder bei ihren Flugversuchen. Aus fünfzehnhundert Metern Höhe waren die Fischerboote nur noch Pünktchen auf der weiten blauen Wasserfläche, war der Schwarm futtersuchender Möwen nur noch eine blasse Wolke aus kreiselnden Staubteilchen.
Und er lebte – leise bebend vor Entzücken, stolz, seine Furcht bezwungen zu haben. Ohne lange Vorbereitungen legte er die Arm-

schwingen fest an, spreizte die geschweiften Handschwingen aus und stürzte sich senkrecht hinab. Bei zwölfhundert Metern über dem Meer hatte er die äußerste Geschwindigkeit erreicht. Wie eine kompakte Wand aus Gebrüll schlug ihm die Luft entgegen und machte weitere Beschleunigung unmöglich. Er flog jetzt abwärts mit über zweihundert Kilometern pro Stunde. Er schluckte krampfhaft. Entfalteten sich bei diesem Tempo die Flügel ganz wenig, dann würde er in winzige Fetzchen zerplatzen, nichts würde von ihm bleiben. Aber Geschwindigkeit war Macht, war Schönheit, war reines Glück.

Bei dreihundert Metern versuchte er wieder hochzuziehen. Die Flügel dröhnten und schwirrten im übermäßigen Luftdruck, Boot und Möwenschwarm kippten seitwärts ab und schienen dann mit meteorgleicher Schnelligkeit genau in seine Flugbahn zu stürzen.

Er konnte nicht anhalten; er wußte nicht einmal, wie er bei diesem Tempo wenden konnte.

Zusammenstoß bedeutete Tod.

Er schloß die Augen.

Und so geschah es, daß die Möwe Jonathan an jenem Morgen, kurz nach Sonnenaufgang, im rasenden Sturzflug wie ein Schuß durch das Zentrum des Möwenschwarms knallte, ein schreckliches, kreischendes Bündel aus Luftwirbeln und Federn. Doch das Glück blieb ihm treu, niemand kam zu Schaden.

Als er den Schnabel endlich wieder hochgereckt hielt, flitzte er immer noch pfeilschnell dahin, und als er endlich die Geschwindigkeit genügend verlangsamt hatte und aufatmend die Flügel ausbreitete, war der Fischkutter wieder ein Punkt auf dem Meer, zwölfhundert Meter unter ihm.

Er triumphierte. Ich habe höchste Geschwindigkeit erreicht, über zweihundert Stundenkilometer. Ein beispielloser Erfolg, das größte Ereignis in der Geschichte des Schwarms. Eine neue Epoche beginnt. Während er zu seinem einsamen Übungsplatz hinausflog und die Flügel zum Sturzflug aus zweitausendvierhundert Metern einfaltete, beschloß er, nun herauszufinden, wie man im Sturz die Richtung ändern kann. Und auch das gelang. Verstellte er nur eine einzige Feder an der Flügelspitze um wenige Millimeter, so erreichte er auch bei großen Geschwindigkeiten eine weiche, fließende Kurve. Doch bis es soweit war, mußte er durch Versuch und Irrtum lernen, daß man bei hoher Geschwindigkeit keinesfalls mehr als eine Feder verstellen durfte, sonst kam man wie eine Gewehrkugel in eine Drehung. So wurde Jonathan die erste und einzige Möwe, die Kunstflugfiguren vollbrachte. An diesem Tag nahm Jonathan sich nicht die Zeit, den anderen Möwen seine Kunst zu zeigen, er übte weiter bis nach Sonnenuntergang und entdeckte den Looping, die langsame Rolle um die eigene Achse, das Rollen nach Punkten, das verkehrte Trudeln, den Abschwung und das Windrad.

Es war Nacht geworden, als die Möwe Jonathan sich wieder bei dem Schwarm an der Küste einfand. Jonathan war schwindlig vor Müdigkeit, aber so glücklich, daß er beim Landen noch einen Looping machte. Wenn die anderen von diesem großen Durchbruch hören, werden sie vor Freude außer sich sein, dachte er. Ein herrliches Leben wird jetzt beginnen. Statt der einförmigen Alltagsplage mit dem ewigen Hin und Her zwischen Küste und Fischkuttern hat unser Leben jetzt einen tieferen Sinn! Wir vermögen uns aus unserer Unwissenheit zu erheben, dürfen uns als höhere Wesen von Können und Intelligenz verstehen. Wir werden frei sein! *Der Höhenflug ist erlernbar!*

Die kommenden Jahre lockten und glühten voller Verheißung.

Als er landete, hockten die Möwen bei einer Ratsversammlung beisammen, die offenbar schon lange andauerte.

In der Tat, sie hatten auf etwas gewartet.

„Möwe Jonathan, komm in die Mitte!" Der Älteste sprach die Worte sehr zeremoniell. In die Mitte kommen, das bedeutete entweder die größte Schande oder die größte Auszeichnung. Man ehrte so die obersten Anführer der Möwen. Natürlich, dachte Jonathan, der Schwarm heute morgen — sie haben den Großen Durchbruch mitan-

gesehen. Aber ich brauche keine Ehrung. Ich will kein Führer werden. Ich möchte sie nur teilhaben lassen an dem, was ich entdeckt habe: möchte ihnen zeigen, welch neue Horizonte sich für uns alle eröffnen.
Er trat vor.
„Möwe Jonathan", sagte der Älteste. „In deiner Schande tritt in die Mitte vor die Augen deiner Sippe!"
Jonathan war wie vor den Kopf geschlagen. Die Beine versagten den Dienst, die Flügel hingen schlaff, er hörte nur noch ein Dröhnen. In die Mitte treten zur Schande? Unmöglich ... Der Große Durchbruch ... Sie mißverstehen es ... Sie irren sich, sie irren sich.
„ ... wegen skrupellosen Leichtsinns", intonierte die Stimme streng, „mit dem gegen die Würde und die Traditionen der Möwensippe verstoßen wurde ..."
Zur Schande in die Mitte treten müssen, das bedeutete, daß man ihn aus der Gemeinschaft der Möwen ausstieß, ihn zu einem einsamen Dasein auf den Fernen Klippen verdammte.
„ ... eines Tages, Möwe Jonathan, wirst auch du begreifen, daß sich Verantwortungslosigkeit nicht bezahlt macht. Leben, das ist das Unbekannte, das Unerkennbare.
Wir wissen nur eines: Wir wurden in die Welt gesetzt, wir müssen uns ernähren und uns, so lange es nur irgend möglich ist, am Leben erhalten."
Keine Möwe darf je dem Urteil der Ratsversammlung widersprechen, doch Jonathan erhob die Stimme. „Verantwortungslosigkeit?" rief er aus. „Meine Brüder! Keiner kann mehr Verantwortungsbewußtsein beweisen als eine Möwe, die ein höheres Ziel erkennt, die dem Ruf folgt und den Sinn des Lebens findet. An die tausend Jahre sind wir nur mühselig hinter Fischabfällen hergewesen, jetzt aber hat unser Leben einen neuen Inhalt bekommen – zu lernen, zu forschen, frei zu sein! Gebt mir eine Chance, laßt mich euch zeigen, was ich gefunden habe ..."
Der Schwarm hockte wie aus Stein.
„Die Brüderschaft ist zerbrochen", intonierten die Möwen einmütig im

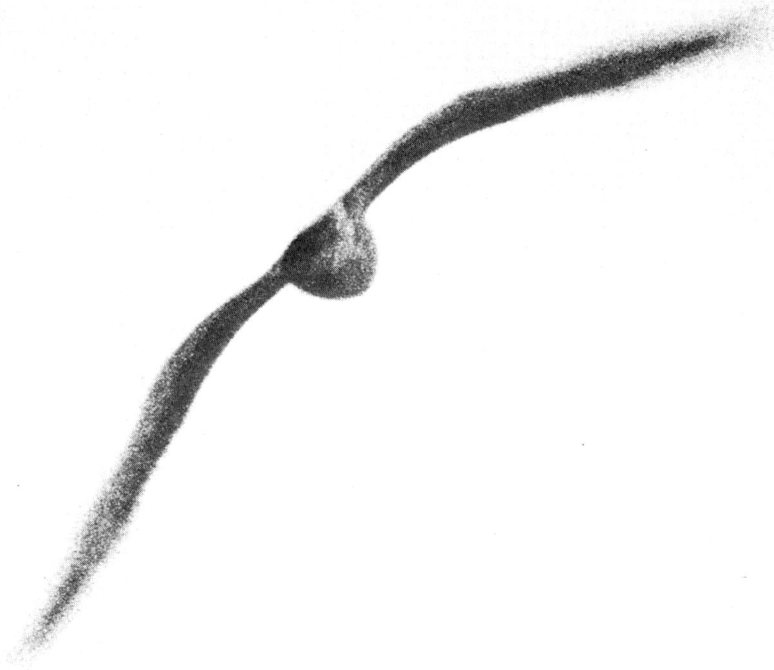

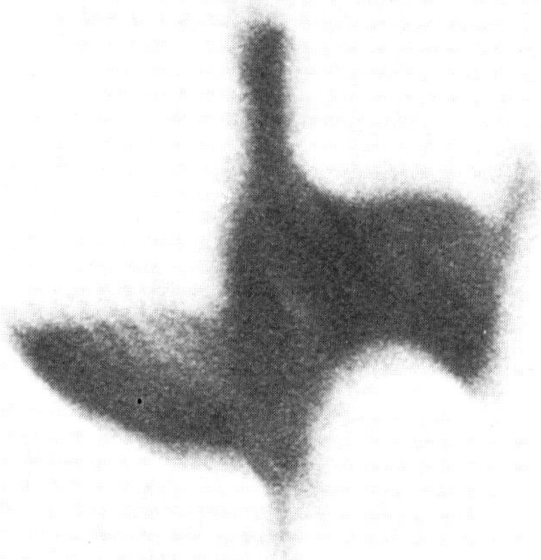

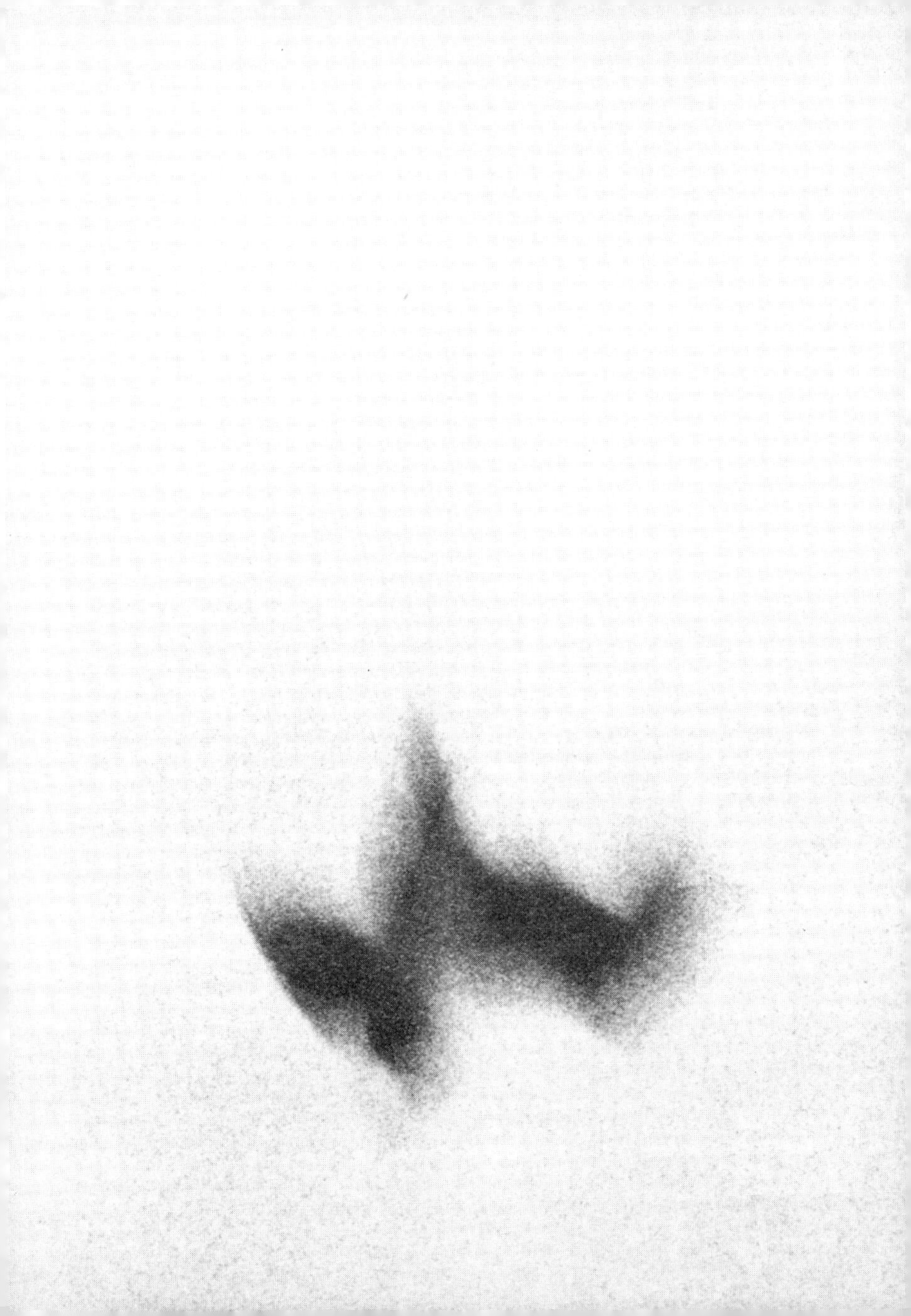

Chor, schlossen feierlich die Augen und wandten sich von ihm ab.
So verbrachte Jonathan sein weiteres Leben in Einsamkeit und flog weit über die Fernen Klippen hinaus. Nicht die Einsamkeit bedrückte ihn, nur die Tatsache, daß die anderen Möwen die Herrlichkeit des Fliegens nicht erleben konnten, daß sie sich weigerten, die Augen aufzumachen, zu sehen.
Täglich wurden seine Fähigkeiten vollkommener. Er lernte, im Sturzflug in Stromlinienhaltung weit genug ins Wasser einzutauchen, um die seltenen, wohlschmeckenden Fische zu erlangen, die in Schwärmen unter der Oberfläche des Ozeans dahinzogen.
Er brauchte keine Fischkutter und kein altbackenes Brot mehr zum Leben. Er lernte im Flug in der Luft zu schlafen, indem er sich bei Nacht quer zum Wind stellte, der von der Küste herblies. So vermochte er zwischen Sonnenuntergang und Sonnenaufgang hundertsechzig Kilometer zurückzulegen. Mit Hilfe des gleichen inneren Richtungssinnes durchstieß er die schweren Seenebel und stieg über sie hinaus in blendend lichte Höhen auf ... indes die anderen Möwen zur selben Zeit auf dem Boden hockend nichts als Nebel und Regen kannten.
Er lernte, auf Hochwinden weit ins Land hinein zu schweben, um dort köstliche Insekten zu verspeisen.
Was er sich einst für seinen Schwarm erhofft hatte, ihm allein wurde es zuteil; er lernte, was wahrhaft Fliegen heißt, und er bereute nie den Preis, den er dafür bezahlt hatte. Die Möwe Jonathan entdeckte, daß nur Langeweile, Angst und Zorn das Leben der Möwen verkürzen; nachdem diese drei von ihm gewichen waren, lebte er ein langes und ein wahrhaft lebenswertes Leben.
Und eines abends geschah es: Zwei Möwen kamen, und sie fanden Jonathan friedvoll und einsam unter seinem geliebten Himmel schwebend. Sie tauchten neben seinen Schwingen auf, sie schimmerten in reinstem Weiß und erhellten mit sanftem, sternenhaftem Leuchten die Nacht. Das Schönste aber war ihr meisterhafter Flug. Ihre Schwingen bewegten sich in vollkommenem Gleichmaß, und die

Flügelspitzen hielten sich in geringem Abstand neben den seinen. Wortlos unterwarf Jonathan sie seiner Prüfung, die noch nie eine Möwe bestanden hatte. Er drehte die Flügel und verlangsamte seinen Flug fast bis zum Stillstand. Die beiden strahlenden Vögel taten das gleiche mühelos, ohne die Lage zu verändern. Sie wußten um den langsamen Flug.

Er legte die Flügel ein, kippte vornüber und ließ sich in einen rasenden Sturzflug fallen. Sie stürzten mit ihm, schossen in geschlossener Formation senkrecht hinab.

Schließlich zog er bei gleichbleibender Geschwindigkeit kerzengrade hoch in eine endlose, vertikale Spirale, und sie folgten wie schwerelos.

Er fing sich zu horizontalem Flug ab und schwieg lange. Dann fragte er: „Wer seid ihr?"

„Wir sind von deiner Art, Jonathan. Wir sind deine Brüder." Stark und ruhig tönten die Worte. „Wir sind gekommen, um dich höher hinauf zu geleiten, wir holen dich heim."

„Ich bin nirgends daheim. Ich gehöre zu keinem Schwarm. Ich bin ein Ausgestoßener. Und wir fliegen jetzt schon sehr hoch, wir fliegen auf dem Gipfel des Großen Bergwindes. Viel höher kann ich diesen alten Leib nicht mehr erheben."

„Doch, du kannst es, Jonathan. Du hast viel gelernt. Die eine Lehrzeit ist zu Ende, die Zeit ist gekommen, um in einer anderen neu zu beginnen."

Das Licht, das ihm sein Leben lang geleuchtet hatte, das Licht des Verstehens, erhellte auch diesen Augenblick. Die Möwe Jonathan verstand. Sie hatten recht. Er *konnte* höher fliegen, es war Zeit, heimzugehen.

Mit einem letzten, langen Blick nahm er Abschied von seinem Himmel, von diesem majestätischen silbernen Reich, das ihn soviel gelehrt hatte.

„Ich bin bereit", sagte er dann.

Und die Möwe Jonathan erhob sich mit den beiden sternenhellen Möwen und entschwand in vollkommene Dunkelheit.

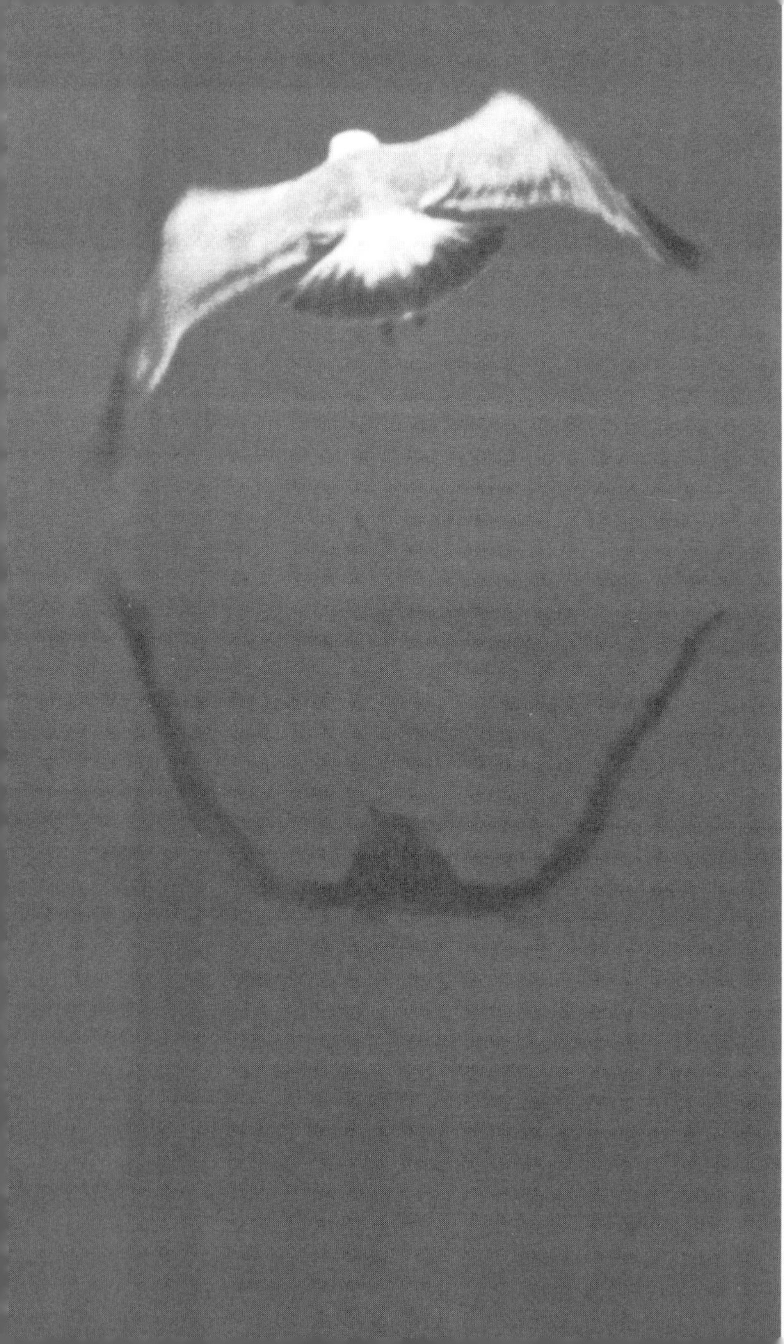

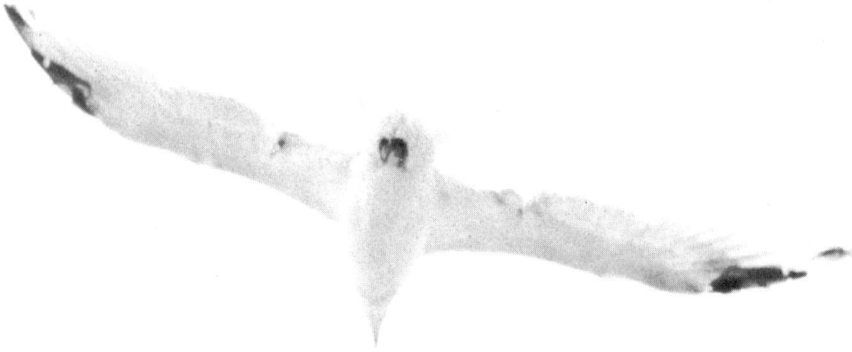

Zweiter Teil

Das also ist das himmlische Paradies,

dachte er amüsiert. Seine Empfindungen waren nicht besonders ehrerbietig, wo er doch anscheinend gerade in den Himmel kam.
Während er in enger Flugformation mit den zwei strahlenden Möwen über die Wolken aufstieg, begann auch sein Gefieder so hell zu strahlen wie das ihre. Immer hatte hinter den goldenen Augen unwandelbar jung die Möwe Jonathan existiert, und sie lebte weiter, nur die äußere Form verwandelte sich.
Es schien der vertraute Körper zu sein, doch Jonathan flog besser und leichter als je zuvor. Ich werde mit halber Kraft zweifache Geschwindigkeit erreichen, dachte er, werde die Leistungen meiner besten Erdentage verdoppeln.
Sein Gefieder leuchtete jetzt ganz weiß, und seine Schwingen schimmerten glatt und vollendet wie poliertes Silber. Voller Freude erprobte er sie und ließ seine Kraft in diese neuen Flügel einströmen. Bei vierhundert Stundenkilometern spürte er, daß er sich seiner Höchstgeschwindigkeit im Horizontalflug näherte. Bei vierhundertfünfzig

hatte er das äußerste erreicht und war fast etwas enttäuscht. Auch dieser neue Körper war also in seinen Möglichkeiten eingeschränkt. Er hatte zwar seinen früheren Weltrekord überboten, doch immer noch gab es eine Grenze, die ihn zu großen Anstrengungen herausforderte. Im Himmel, dachte er, im Himmel sollte es keine Beschränkungen mehr geben.
Die Wolkendecke riß auf, seine Begleiter riefen: „Glückliche Landung, Jonathan," und lösten sich in durchsichtige Luft auf. Er schwebte über einem Meer auf eine zerklüftete Küste zu. Einzelne Möwen kämpften mit den Aufwinden über den Klippen. Fern im Norden, fast am Rande des Horizonts, kreisten noch ein paar Vögel. Neue Ausblicke, neue Gedanken, neue Fragen. Warum nur so wenig Möwen? Der Himmel müßte voll von Schwärmen sein. Und er war so müde. Im Himmel dürfte es doch keine Müdigkeit geben. Muß man hier auch schlafen? Schlafen? Wo hatte er das Wort gehört? Die Erinnerung an sein Erdendasein verflüchtigte sich. Gewiß war die Erde ein Platz gewesen, wo er manches gelernt hatte, aber die Einzelheiten verschwammen. Futter suchen oder so ähnlich und — ja — Verbannung.
Die Möwen vor der Küste flogen ihm zur Begrüßung entgegen, doch gaben sie keinen Schrei, keinen Laut ab. Trotzdem fühlte er, daß er willkommen war und daheim. Es war ein großer Tag für ihn, aber an den Sonnenaufgang dieses Tages erinnerte er sich nicht mehr.
Er kreiste tiefer, flatterte nah über dem Boden fast auf der Stelle, dann setzte er leicht auf dem Sand auf. Die anderen Möwen aber landeten schwebend, keine bewegte auch nur eine Feder. Die schimmernden Flügel weit ausgespannt drehten sie in den Wind, dann änderten sie, Gott weiß wie, die Stellung der Schwungfedern und kamen im Augenblick zum Stillstand, da sie mit den Füßen den Boden berührten.
Die vollkommene Körperbeherrschung war herrlich. Doch Jonathan war zu müde, es auch so zu versuchen. Da, wo er aufgesetzt hatte, war er im Stehen eingeschlafen.
Dann folgte ein Tag dem anderen. Auch hier übte Jonathan unablässig

neue Flugtechniken wie in dem Leben, das hinter ihm lag. Nur eines war anders. Die Möwen hier fühlten wie er. Jede einzelne erstrebte die höchste Vollkommenheit auf dem Gebiet, das allen das wichtigste war: dem Fliegen. Es waren großartige Vögel, alle. Täglich verbrachten sie viele Stunden damit, ihre Flugtechnik zu üben und sich im Kunstflug zu erproben.

Jonathan vergaß alles Frühere. Versunken war die Welt, aus der er gekommen war, vergessen der Schwarm, der die Augen gegen die Herrlichkeit des Fliegens verschlossen hatte und die Flügel einzig als Mittel zum Zweck beim Futtersuchen und Raufen um die Nahrung gebrauchte. Doch ab und an blitzte sekundenlang die Erinnerung auf, und dann kamen die Fragen. So geschah es an einem Morgen, als sein Lehrer und er nach einer Serie von Loopings mit anliegenden Flügeln auf dem Wasser ausruhten.

„Wo sind sie denn alle, Sullivan?" dachte er. Er war jetzt mit der mühelosen Gedankenübertragung vertraut, die hier das Kreischen und Krächzen der Möwen auf der Erde ersetzte. „Wieso sind nicht mehr von uns hier? Es gab doch ..."

„... Tausende und Abertausende von Möwen — ich weiß." Sullivan schüttelte den Kopf. „Ich kenne nur eine Antwort, Jonathan. Du bist wahrscheinlich einer unter Millionen, die große Ausnahme. Die meisten von uns sind nur ganz allmählich weitergekommen, von einer Welt in die nächste, die dann anders war. Wir vergaßen sofort, woher wir gekommen waren, und es kümmerte uns nicht, wohin wir gingen. Wir lebten nur für den Augenblick. Es ist kaum vorstellbar, durch wie viele Leben wir hindurch mußten, bis wir verstanden, daß Leben mehr ist als Fressen und Kämpfen und eine Vormachtstellung im Schwarm einnehmen. Tausend Leben, zehntausend, und danach vielleicht noch hundert Leben, ehe uns die Erkenntnis aufdämmerte, daß es so etwas gibt wie Vollkommenheit, und dann nochmals hundert Leben, um endlich als Sinn des Lebens die Suche nach der Vollkommenheit zu sehen und zu verkündigen. Diese Regel gilt auch jetzt. Wir erlangen die nächste Welt nach dem, was wir in dieser gelernt haben. Lernen wir nichts hinzu, so wird unsere nächste Welt nicht anders sein als diese, sie bietet die gleichen Beschränkungen, und es gilt, die gleiche bleischwere Last zu überwinden."

Er breitete die Schwingen aus und wendete den Kopf in den Wind.

„Du aber, Jon", sagte er, „ hast so viel auf einmal gelernt, daß du nicht durch viele tausend Leben mußtest, um hierher zu gelangen."

Und wieder schwangen sie sich in die Lüfte und setzten ihre Übungen fort. Beim Fliegen in der Formation waren die Drehungen um die eigene Achse besonders schwierig, da die Hälfte der Flugfigur Rückenlage erforderte. Jonathan mußte dabei umdenken, mußte die Flügel zurückstoßen und die Flügelhaltung genau auf die seines Mentors abstimmen. Immer wieder sagte Sullivan: „Versuchen wir es noch einmal, versuchen wir es noch einmal." Und endlich sagte er: „Gut." Und sie begannen eine neue Figur zu üben.

Hatten die Möwen keine Nachtflüge, so hockten sie beisammen und meditierten. An einem Abend faßte Jonathan sich ein Herz und näherte sich dem Ältesten, der sich, wie es hieß, bald über diese Welt hinaus erheben würde.

„Chiang ...", begann er ein wenig unsicher.

Der Uralte sah ihn gütig an. „Ja, mein Sohn?" Das Alter hatte ihn nicht geschwächt, sondern gestärkt. Er konnte jede andere Möwe im Flug überholen und kannte Techniken, die die anderen erst ganz allmählich erlernten.

„Diese Welt ist gar nicht das himmlische Paradies, nicht wahr, Chiang?"

Im Mondlicht sah er, daß der Älteste ihm freundlich zunickte. „Du hast wieder etwas dazugelernt, Jonathan", sagte er.

„Und was geschieht nachher? Wohin kommen wir dann? Gibt es gar kein Paradies?"

„Nein, Jonathan, einen solchen Ort gibt es nicht. Das himmlische Paradies ist kein Ort und ist keine Zeit. Paradies, das ist Vollkommen-

heit." Er schwieg einen Augenblick. „Du bist ein sehr rascher Flieger, nicht wahr?"
„Ich ... ich liebe die Geschwindigkeit", sagte Jonathan betroffen, aber doch stolz, daß es dem Ältesten aufgefallen war. „Du wirst zum ersten Mal den Rand des Paradieses streifen, wenn du die vollkommene Geschwindigkeit erreicht hast. Und das bedeutet nicht, daß du in der Stunde tausend oder hunderttausend Kilometer zurücklegen kannst. Selbst wenn du mit der Geschwindigkeit des Lichtes fliegen würdest, hättest du nicht die Vollkommenheit erreicht. Alle Ziffern sind Begrenzungen, Vollkommenheit aber ist grenzenlos. Vollkommene Geschwindigkeit, mein Sohn, das heißt ganz dasein."
Dann war Chiang plötzlich ohne ein weiteres Wort verschwunden und tauchte im gleichen Augenblick weit entfernt an der Küste auf, verschwand sofort wieder und stand neben Jonathan. „Das macht Spaß", sagte er.
Jonathan war völlig verblüfft. Er vergaß alle weiteren Fragen nach dem Paradies. „Wie machst du das? Was empfindet man dabei? Wie weit kannst du dich entfernen?"
„Man kann überall hinkommen, man muß es nur wirklich wollen. Ich bin überall gewesen und in allen Zeiten, die ich mir vorstellen kann."
Sinnend blickte der Älteste über das Meer. „Seltsam. Möwen, die um ihrer begrenzten Wege und Ziele willen die Vollkommenheit des Fliegens verachten, kommen nur langsam vorwärts und nirgendwo an. Die aber um der Vollkommenheit willen des Weges nicht achten, kommen in Sekundenschnelle überall hin. Bedenke immer, Jonathan, das himmlische Paradies findet sich nicht in Raum oder Zeit, denn Raum und Zeit sind bedeutungslos. Das Paradies ist ..."
„Kannst du mich lehren, auch so zu fliegen?" Jonathan bebte vor Sehnsucht nach dem Unbekannten.
„Gewiß, wenn du es lernen möchtest."
„So gern. Wann können wir anfangen?"
„Wenn du willst, sofort."

„Ich möchte so fliegen lernen", sagte Jonathan, und seine Augen strahlten vor Eifer. „Sag mir, was ich tun soll."
Chiang setzte seine Worte bedächtig und sah die jüngere Möwe dabei unentwegt prüfend an. „Um in Gedankenschnelle zu fliegen, ganz gleich an welchen Ort, mußt du schon vor Beginn wissen, daß du bereits dort angekommen bist."
Nach Chiangs Worten mußte man also als erstes aufhören, sich selbst als Gefangenen eines irdisch-begrenzten Körpers zu empfinden, dessen Flügelspannweite etwa einen Meter betrug und dessen Leistungsfähigkeit sich mit Hilfe graphischer Darstellung berechnen ließ. Die Voraussetzung für das Gelingen lag in dem Bewußtsein, daß das wahre Sein so vollkommen ist wie eine nicht aufgeschriebene, wie eine abstrakte Zahl und überall zugleich existiert, unabhängig von Zeit und Raum.
Vom Morgengrauen an, noch vor Sonnenaufgang und lange bis nach Mitternacht überließ Jonathan sich mit Leidenschaft seinen Versuchen. Aber alle seine Anstrengungen halfen ihm nicht weiter.
„Vergiß alles Wissen", sagte ihm Chiang wieder und wieder. „Du hast es nicht gebraucht, um zu fliegen, du hast einfach fliegen müssen. Und jetzt ist es das gleiche. Versuche es noch einmal ..."
Und eines Tages war es soweit. Jonathan ruhte auf dem Strand aus. Mit geschlossenen Augen versenkte er sich ganz in sich, und in jähem Begreifen fühlte er, was Chiang gemeint hatte. „Natürlich. So ist es. Ich bin. Ich bin eine vollkommene, durch nichts beschränkte Möwe!" Glück durchströmte ihn wie ein heftiger Schreck.
„Gut", sagte Chiang. Seine Stimme klang triumphierend. Jonathan machte die Augen auf. Er stand ganz allein neben dem Ältesten an einer gänzlich fremd anmutenden Küste – Bäume wuchsen bis an den Saum des Ozeans hinab, und zu Häupten kreiste ein Zwillingsgestirn gelber Sonnen.
„So hast du es endlich erreicht", sagte Chiang, „aber du mußt noch weiter daran arbeiten, dich selbst zu steuern ..."

Jonathan war überwältigt. „Wo sind wir?"
Den Ältesten ließ die fremde Umwelt kühl. Er tat die Frage ziemlich gleichgültig ab. „Wir sind auf irgendeinem Planeten, wie es scheint. Er hat einen grünen Himmel und eine doppelte Sonne." Jonathan stieß vor Entzücken einen hellen Schrei aus, den ersten Laut, seit er die Erde verlassen hatte. „Es ist gelungen!"
„Natürlich ist es gelungen, Jon", sagte Chiang. „Es gelingt immer, wenn du genau weißt, was du willst. Und nun zu der Selbststeuerung ..."
Als sie zurückkamen, war es schon dunkel. Die anderen Möwen betrachteten Jonathan, und in ihren goldenen Augen stand ehrfürchtige Scheu. Sie hatten gesehen, wie er urplötzlich von der Stelle, auf der er lange Zeit wie angewurzelt verharrt hatte, verschwunden war. Er ließ sich aber nicht lange bewundern. „Ich bin hier noch ein Neuling. Ich fange ja erst an. Ich bin es, der von euch lernen muß."
„Ich bin aber doch überrascht", sagte Sullivan, der unweit von ihm stand. „In all den zehntausend Jahren hab ich keine Möwe gesehen, die so furchtlos alles Neue erlernen will wie du." Die anderen Möwen nickten dazu. Jonathan trippelte vor Verlegenheit von einem Fuß auf den anderen.
„Wenn du willst, werden wir uns als nächstes mit der Zeit beschäftigen", sagte Chiang. „Du wirst lernen, durch Vergangenheit und Zukunft zu fliegen. Wenn dir das möglich ist, dann erst kannst du das Allerschwerste, das Großartigste, das Schönste beginnen. Dann erst kannst du dich dazu aufschwingen, das wahre Wesen von Güte und Liebe zu begreifen."
Ein Monat verging, oder vielmehr ein Zeitraum, der sich wie ein Monat ausnahm. Jonathan lernte außerordentlich schnell. Er hatte schon sehr rasch Fortschritte gemacht, als er noch aus der praktischen Erfahrung lernte, nun aber, als Einzelschüler des Ältesten selbst, verarbeitete er die neuen Ideen wie ein stromlinienförmiger, gefiederter Computer.
Doch dann kam ein Tag, an dem Chiang endgültig verschwand. Zuvor

hatte er noch einmal lautlos die ganze Gemeinschaft ermahnt, niemals das Lernen aufzugeben, unentwegt weiter zu üben und danach zu streben, das vollkommene, unsichtbare Prinzip alles Lebens zu erfahren. Dabei wurde sein Gefieder lichter und lichter, und zuletzt erstrahlte es in solchem Glanz, daß die Möwen geblendet die Augen abwenden mußten.

„Jonathan, erlerne die Liebe." Das waren seine letzten Worte.

Als die Blendung der Augen nachließ, weilte Chiang nicht mehr unter ihnen.

Und die Zeit verrann. Immer häufiger mußte Jonathan jetzt an die Erde zurückdenken, von der er einst gekommen war. Hätte er dort unten nur ein Zehntel, nur ein Hundertstel von dem gekannt, was er jetzt wußte, wieviel sinnvoller wäre sein Leben gewesen. Er stand im Sand und fragte sich, ob es dort unten vielleicht wieder eine Möwe gäbe, die ihre Grenzen zu überwinden trachtete, eine Möwe, der das Fliegen mehr bedeutete als nur Fortbewegung zu dem Ziel, ein paar Brocken Brot von einem Fischkutter zu ergattern. Vielleicht war wieder eine Möwe in Verbannung geschickt worden, weil sie gewagt hatte, dem großen Schwarm die Wahrheit zu sagen. Und je länger Jonathan sich um Güte bemühte, je mehr er danach strebte, das Wesen der Liebe zu begreifen, desto größer wurde sein Verlangen, zur Erde zurückzukehren. Trotz der Vereinsamung in seinem vergangenen Erdendasein war Jonathan im Grunde der geborene Lehrer. So gab es für ihn nur eine einzige Möglichkeit, der Liebe zu dienen: Er mußte die von ihm erkannte Wahrheit weitergeben an eine Möwe, die auch die Sehnsucht nach Wahrheit in sich trug.

Sein Lehrer Sullivan war bereits Meister im gedankenschnellen Flug und half den anderen bei ihren Übungen. Er hatte seine Zweifel.

„Du bist früher auf der Erde ein Ausgestoßener gewesen, Jon. Wie kannst du glauben, daß dir jetzt auch nur eine Möwe aus deiner Vergangenheit zuhören würde? Du kennst doch das Sprichwort: *Am weitesten sieht, wer am höchsten fliegt.* Darin steckt Weisheit. Die

Möwen, von denen du abstammst, kleben am Boden und zetern und streiten miteinander. Unendlich weit sind sie vom Himmel entfernt – und da glaubst du, du kannst ihnen von ihrem Standort aus den Himmel öffnen? Sie können doch nicht über ihre eigenen Flügelspitzen hinausblicken. Bleib bei uns, Jon. Hilf den Anfängern hier. Sie sind schon weiter, sie können erkennen, was du ihnen zeigen willst."

Er schwieg einen Augenblick, dann fuhr er fort: „Wenn Chiang in *seine* früheren Welten zurückgekehrt wäre, wo wärst du jetzt?"

Diese Bemerkung gab den Ausschlag. Sullivan hatte recht. ‚Am weitesten sieht, wer am höchsten fliegt.' So blieb Jonathan und arbeitete mit den Neulingen, die alle klug und lernbegierig waren. Doch die alten Wünsche kehrten wieder. Immer stärker und häufiger mußte er an die Erde zurückdenken und daß ihn dort vielleicht ein oder zwei Möwen als Lehrer brauchten.

Wieviel weiter wäre er selber gekommen, wäre Chiang bei ihm in der Verbannung gewesen.

„Ich muß zurück, Sully", sagte er schließlich. „Deine Schüler entwickeln sich gut. Sie können dir bei den Neulingen helfen."

Sullivan seufzte und widersprach nicht länger. „Du wirst mir sehr fehlen, Jonathan."

„Schäm dich, Sully!" sagte Jonathan vorwurfsvoll. „Sei nicht töricht. Was üben wir denn jeden Tag? Wäre unsere Freundschaft von Raum und Zeit abhängig, dann taugte sie nichts mehr, sobald wir Raum und Zeit hinter uns lassen. Überwinde den Raum, und alles, was uns übrigbleibt, ist Hier. Überwinde die Zeit, und alles, was uns übrigbleibt, ist Jetzt. Und meinst du nicht auch, daß wir uns im Jetzt und Hier begegnen könnten?"

Trotz seines Kummers wurde Sullivan wieder fröhlich. „Du komischer, du verrückter Vogel", sagte er zärtlich. „Wenn überhaupt einer den beschränkten Möwen auf der Erde Weitblick beibringen kann, dann bist du es." Er starrte in den Sand. „Leb wohl, Jon, mein Freund."

„Leb wohl, Sully. Wir sehen uns wieder." Im Geist sah er große Möwen-

schwärme an den Küsten einer anderen Welt und Zeit. Aus langer Übung hatte er die innere Gewißheit, daß er selbst kein Wesen aus Knochen und Federn mehr war, sondern die reine Idee des freien Fluges, der keine Grenzen kennt.
Auf der Erde lebte ein Möwenvogel, der hieß Fletcher Lynd. Er war noch sehr jung, doch hatte er schon böse Erfahrungen hinter sich und meinte, daß kein anderer je so hart von seinem Schwarm behandelt, daß niemandem je solches Unrecht angetan worden wäre.
„Mir ganz gleich, was sie sagen", dachte er wütend, und ihm verschwamm alles vor den Augen, als er auf die Fernen Klippen der Verbannung zuflog. „Fliegen ist doch wichtiger als nur von einem Ort zum nächsten zu sausen. Das kann jede *Mücke!* Eine kleine Rolle in der Luft rund um den Ältesten, nur so aus Spaß, und schon haben sie mich ausgestoßen.
Sind sie denn blind? Können sie sich das Glück gar nicht vorstellen, das richtiges Fliegen mit sich bringt? Mir ganz gleich, was sie denken. Ich werde ihnen zeigen, was Fliegen heißt. Ich breche das Gesetz – sie wollen es ja nicht anders. Das wird ihnen noch leid tun..."
Da vernahm er eine Stimme, die aus seinem Innern zu kommen schien. Sie tönte ganz sanft und erschreckte ihn doch so sehr, daß er erstarrte und durch die Luft taumelte.
„Denk nicht so hart über sie, Möwe Fletcher Lynd, die anderen haben sich nur selbst geschadet, als sie dich ausstießen. Eines Tages werden auch sie begreifen, eines Tages werden auch sie sehen, was du siehst. Vergib ihnen und hilf ihnen."
Kaum einen Zoll entfernt von ihm segelte wie schwerelos und ohne eine einzige Feder zu rühren die reinste, strahlendste Möwe der Welt. Mühelos hielt sie sein Tempo, das für ihn schon Höchstgeschwindigkeit war.
Der junge Vogel war völlig verwirrt.
„Was ist das? – Träume ich? Bin ich tot? Was ist das?"
Leise und ruhig tönte die Stimme aus seinem Herzen fort und ver-

langte nach Antwort. „Möwe Fletcher Lynd, willst du fliegen?"
„Ja, ich will fliegen!" „Willst du es so sehr, daß du bereit bist, deinem Schwarm zu vergeben, da du lernen willst und nur lernen und dann zu ihnen zurückzukehren und ihnen helfen, damit auch sie verstehen?"
Diesem glorreichen, überlegenen Wesen gegenüber gab es kein Ausweichen. So sehr der junge Vogel auch noch an seinem gekränkten Stolz litt, er mußte nachgeben.
„Ich bin bereit."
„Nun", erklang es liebevoll aus dem strahlenden Wesen, „dann wollen wir mit dem Horizontalflug beginnen..."

Dritter Teil

Jonathan kreiste langsam

über den fernen Klippen und sah aufmerksam in die Höhe. Dieser widerborstige junge Fletcher war ein Flugschüler, wie man ihn sich besser nicht wünschen konnte. Er war leicht und kräftig und flink in der Luft, aber weit wichtiger war, daß er nichts sehnlicher wünschte, als richtig fliegen zu lernen.
Da tauchte er auf, ein verwischter grauer Fleck im sausenden Sturzflug. Er schoß an seinem Lehrer vorbei, zog dann unvermittelt wieder hoch zu einem neuen Versuch mit einer vertikalen langsamen Rolle mit sechzehn Umdrehungen. Er zählte die Umdrehungen laut mit. „acht ... neun ... zehn ... Jonathan, Jonathan, die Geschwindigkeit reicht nicht aus ... elf ... ich will-kurze-scharfe-Stops-wie-du ... zwölf ... verdammt-ich krieg's-nicht-hin ... dreizehn ... noch ... drei ohne ... vierzehn ... aaakk!"
Die letzte Drehung schlug durch seinen Ärger und seine Wut über das Versagen völlig fehl. Fletcher kippte nach hinten um, taumelte, trudelte, warf sich wutentbrannt in einen einwärtsdrehenden Kreiselflug und fing sich endlich krächzend einige hundert Meter unterhalb

von seinem Lehrer ab.
„Du vergeudest deine Zeit mit mir, Jonathan! Ich bin zu dumm! Ich bin ein Idiot! So oft ich es auch probiere, ich kriege es nicht hin!"
Jonathan blickte zu ihm hinab und nickte. „Du wirst es bestimmt nicht schaffen, so lange du so hart hochziehst. Du verlierst zu viel Geschwindigkeit, bevor du die Rolle beginnst. Du mußt weicher sein, Fletcher! Energisch, aber nicht krampfhaft! Denk daran." Er senkte sich zu der jungen Möwe hinab. „Versuchen wir es gemeinsam, in Formation. Achte genau auf das Hochziehen. Man muß weich und leicht hineingehen."
Drei Monate waren vergangen. Jonathan hatte inzwischen sechs weitere Schüler, lauter Außenseiter, die aus Freude am Fliegen neugierig waren auf die seltsamen neuen Ideen. Freilich war es für sie leichter, die hohe Kunst zu erlernen, als die Idee zu erfassen, die dahinterstand.
„In jeder einzelnen von uns ist in Wahrheit das Ideal der Großen Möwe, die unbegrenzte Idee der Freiheit", erklärte Jonathan ihnen abends auf dem Strand wieder und wieder. „Der Präzisionsflug ist nur ein Schritt weiter in der Darstellung unserer wahren Natur. Wir müssen alle Begrenzung hinter uns lassen. Deshalb üben wir Spitzengeschwindigkeiten, Langsamflug und Flugakrobatik..."
...und seine Schüler schliefen dabei ein, erschöpft vom Tagespensum. Sie liebten ihre Übungsstunden, die aufregenden Geschwindigkeiten, die ihren Hunger nach mehr Können von Stunde zu Stunde erhöhten. Aber nicht einer von ihnen konnte glauben, daß der Gedankenflug ebenso Reales sei wie die Bewegung ihrer Schwingen, die sie durch die Lüfte trugen.
„Der ganze Körper ist von einer Flügelspitze zur anderen nichts anderes als Gedanke", sagte Jonathan. „Geist in sichtbarer Gestalt. Durchbrecht die Beschränktheit eures Denkens, und ihr zerbrecht damit auch die Fesseln des Körpers..." Aber was er ihnen auch sagte, es klang nur wie wunderschöne Phantasien, die sie angenehm

einschläferten.
Nach einem Monat erklärte Jonathan, die Zeit sei reif, um zum Schwarm zurückzukehren. „Wir sind noch nicht so weit!" sagte die Möwe Henry. „Man will uns da nicht haben. Wir sind ausgestoßen. Wir wollen uns nicht aufdrängen, wo man uns nicht haben will." „Wir sind frei, wir können fliegen, wohin wir wollen, und sein, was wir sind", erwiderte Jonathan. Er hob sich vom Sand ab und wandte sich gen Osten zu den Heimatgründen des Schwarmes. Seine Schüler zauderten. Die Gesetze des Schwarmes erlauben keinem Verbannten jemals die Heimkehr, und noch nie hatte einer sie zu brechen gewagt. Das Gesetz befahl ihnen, zu bleiben; Jonathan gebot ihnen heimzufliegen. Er hatte schon eine große Strecke zurückgelegt; wenn sie noch länger zögerten, würde er allein bei dem feindlich gesinnten Schwarm eintreffen. Fletcher Lynd meinte betont selbstsicher: „Eigentlich brauchen wir dem Gesetz gar nicht zu gehorchen, schließlich gehören wir dem Schwarm ja gar nicht mehr an." „Und wenn es zu einem Kampf kommt, müssen wir Jonathan dort helfen."
Und so flogen sie denn an jenem Morgen von Westen her ein, acht Möwen in einer doppelten Formation; die Flügelspitzen überlagerten einander fast. Pfeilschnell überflogen sie den Versammlungsplatz des Schwarms, Jonathan hielt die Spitze, Fletcher glitt leicht an seinem rechten Flügel dahin, und Henry hielt sich tapfer an seinem linken Flügel. Dann rollte die geschlossene Formation wie ein einziger Vogel langsam rechts ab . . . zog gerade . . . drehte nochmals . . . und wieder gerade. Und der Wind peitschte über sie hinweg.
Das alltägliche Gekrächz und Gekrakel des Schwarms verstummte wie abgeschnitten, als ob die Formation ein Riesenmesser wäre. Viertausend Augenpaare starrten ohne zu blinkern zu ihnen empor. Die acht weißen Vögel zogen nun einer nach dem anderen im steilen Winkel hoch zum Überschlag in ein volles Looping, schwebten durch eine vollkommene Kreisbahn und setzten alle exakt gleichzeitig in einer unglaublich langsamen Landung auf dem Sande auf. Als sei das alles

etwas ganz Alltägliches, begann Jonathan ihre Flugleistung zu analysieren.
„Erstens", sagte er trocken, „seid ihr alle beim Aufschließen etwas zu spät dran gewesen." Der Schwarm war wie vom Blitz getroffen. Das sind die ausgestoßenen Vögel. Sie kommen einfach zurück. Das kann es doch nicht geben. Der Schwarm war völlig verwirrt und wie erstarrt. Fletchers Kampfansage bewahrheitete sich nicht.
Ein paar jüngere Möwen krächzten: „Und wenn es zehnmal die Verbannten sind, wo haben die so fliegen gelernt?"
Es dauerte fast eine Stunde, bis der Befehl des Ältesten sich im ganzen Schwarm herumgesprochen hatte: Ignorieren! Jede Möwe, die mit einem Verbannten redet, wird ausgestoßen. Jede Möwe, die einen Verbannten auch nur ansieht, bricht das Gesetz des Schwarms.
Immer mehr Möwen wandten ihre graugefiederten Rücken Jonathan zu, aber er beachtete das gar nicht und hielt seine Übungsstunde direkt über dem Versammlungsplatz der Möwen ab. Er holte aus seinen Schülern das Äußerste heraus, trieb sie bis an die Grenze ihrer Kräfte. „Möwe Martin, du glaubst, du beherrschst den Langsamflug? Beweis es. Los. Fliegen."
Der schüchterne kleine Vogel Martin war tief erschrocken, daß er so in das Schußfeld seines Mentors geraten war. Er mußte allen Mut zusammenreißen und wurde zu seiner eigenen Überraschung ein wahrer Hexenmeister im Langsamflug. Selbst in leisester Brise vermochte er die Schwingfedern so zu stellen, daß er sich ohne einen Flügelschlag vom Sand emporhob und hoch zu den Wolken hinaufsegelte und wieder zurück. Auch die Möwe Charles schwebte auf dem Großen Bergwind so hoch hinauf, daß sie zitternd vor Kälte, überrascht von der eigenen Leistung und überglücklich herunterkam, fest entschlossen, morgen noch höher hinaufzusteigen.
Fletcher liebte vor allem die Flugakrobatik. Auch er überbot mit sechzehn Umdrehungen beim Langsamrollen in der Vertikale seinen eignen Rekord. Am folgenden Tag schloß er sogar noch mit einem

dreifachen Radschlag ab, wie ein blendender weißer Sonnenstrahl kreiste er über dem Strand, von dem ihn mehr als ein Augenpaar verstohlen beobachtete.

Jonathan war ständig bei seinen Schülern, demonstrierend, beschwörend, antreibend, leitend. Aus Sport flog er mit ihnen durch Nacht und Wolken und Stürme, während sich die Möwen des Schwarms armselig auf dem Erdboden aneinanderdrängten.

Nach den Flugstunden ruhten sich die Schüler mit ihrem Lehrer immer auf dem Strand aus, und allmählich hörten sie doch zu, wenn er ihnen seine Ideen entwickelte. Einige klangen ziemlich verrückt, sie verstanden sie nicht, einige aber begriffen sie schon. Mit der Zeit bildete sich nachts ein zweiter Kreis um den Ring der Schüler, ein Kreis aus neugierigen jungen Möwen, die im Schutz der Dunkelheit stundenlang zuhörten. Sie wollten nicht gesehen werden und selbst niemanden sehen und schlichen sich vor Morgengrauen verstohlen davon. Und eines Tages überschritt die erste Möwe aus dem Schwarm die Grenzlinie zum inneren Ring und bat um Aufnahme in die Lehrstunde. Dadurch gehörte nun auch die Möwe Terrence zu den Verbannten unter den Vögeln, war behaftet mit dem Makel des Ausgestoßenen und wurde gleichzeitig der achte Schüler Jonathans.

Eine kranke Möwe gab es im Schwarm, sie hieß Kirk Maynard. Sie watschelte in der folgenden Nacht mit hängendem linken Flügel über den Sand heran und plumpste vor Jonathan in den Sand. „Hilf mir", krächzte sie matt wie ein Sterbender. „Ich wünsche nichts in der Welt so sehr, wie fliegen zu können. . ."

„Dann komm", sagte Jonathan. „Steig mit mir vom Boden auf, fangen wir an." „Du hast mich nicht verstanden. Mein Flügel. Er ist gelähmt."

„Möwe Maynard, du bist frei. Sei, was du bist, entfalte dein wahres Selbst — jetzt und hier, und nichts kann dir im Wege stehen. So will es das Gesetz der Großen Möwe, das Gesetz des Seins." „Willst du sagen, daß ich fliegen kann?"

„Ich sage, du bist frei." Und Kirk Maynard breitete die Flügel aus, ganz

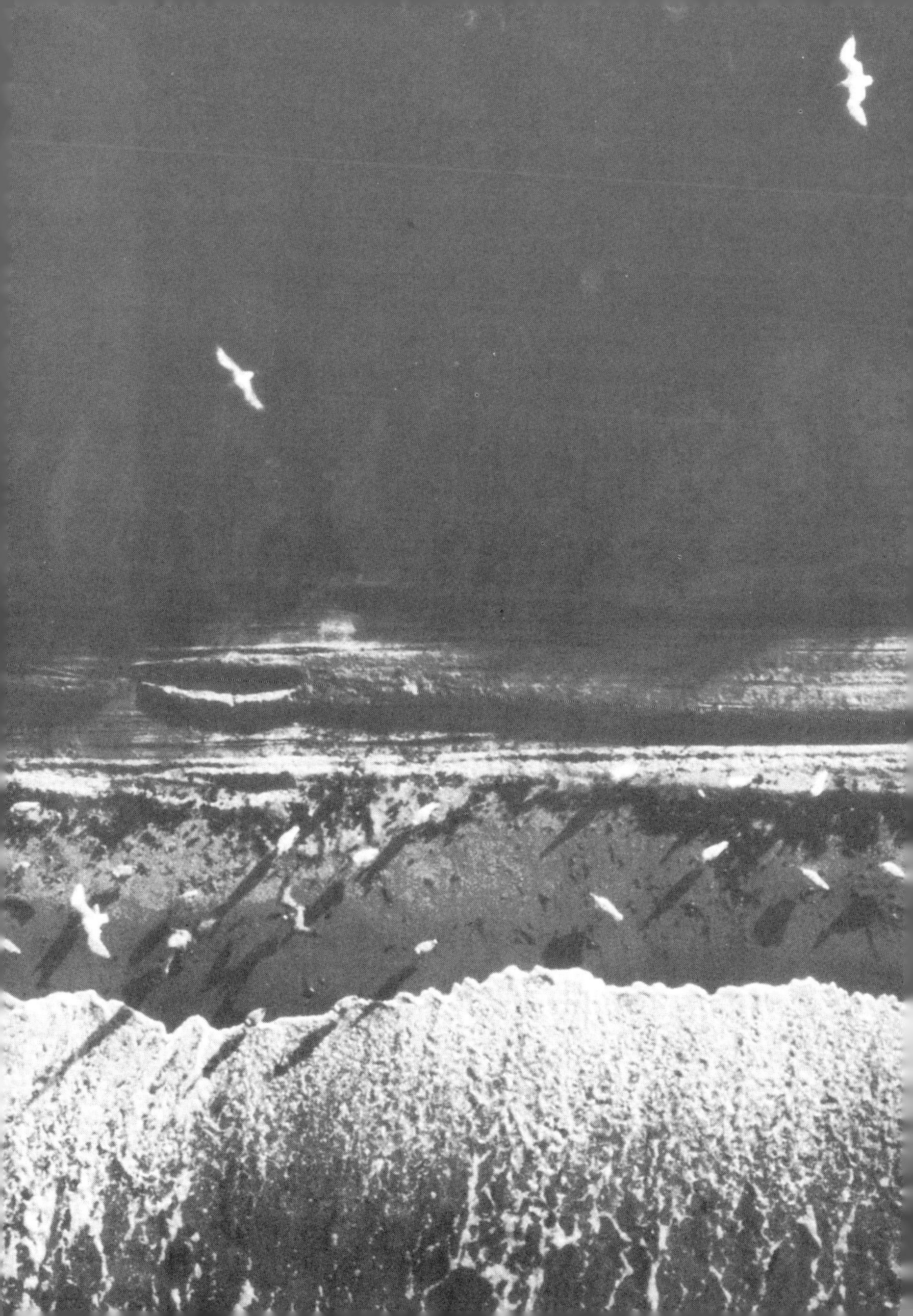

einfach und rasch und erhob sich mühelos in die dunkle Nachtluft. Sein Jubel riß den Schwarm aus dem Schlaf. Aus großer Höhe erklang sein machtvoller Schrei: „Ich kann fliegen! Hört, ich kann fliegen!" Bei Sonnenaufgang standen fast tausend Vögel um den Ring der Schüler und starrten Kirk Maynard neugierig an. Sie achteten nicht mehr darauf, ob man sie dabei sah oder nicht, sie hörten dem Unterricht zu und suchten zu verstehen.

Jonathan sprach von einfachen Dingen – daß Möwen zum Fliegen da sind, daß die wahre Natur ihres Wesens Freiheit ist, daß sie alles, was dieser Freiheit im Wege steht, abtun müssen, Sitten und Bräuche und jegliche Beschränkung.

„Was heißt abtun?" erklang eine Stimme aus dem Schwarm. Sollen wir das Gesetz des Schwarmes nicht achten?" „Es gibt nur ein wahres Gesetz, das in die Freiheit führt", sagte Jonathan. „Es gibt kein anderes."

„Wie kannst du erwarten, daß wir so fliegen wie du?" fragte eine andere Stimme. „Du bist ein Auserwählter, ein Begabter, ein Göttlicher, hoch über allen anderen Vögeln."

„Seht Fletcher an. Lowell. Charles. Sind sie alle auserwählt, begabt und göttlich? Sie sind nicht anders als ihr, nicht anders als ich. Der einzige Unterschied ist, daß sie ihre eigentliche Natur zu erkennen beginnen und angefangen haben, danach zu handeln."

Die Schüler trippelten unbehaglich hin und her, nur Fletcher nicht. Es war ihnen noch gar nicht bewußt geworden, was sie eigentlich unternommen hatten.

Die Menge wurde täglich größer, stellte Fragen, bewunderte, beschimpfte.

„Im Schwarm behaupten sie", erzählte Fletcher seinem Lehrer nach einer Lehrstunde im Geschwindflug für Fortgeschrittene, „wenn du nicht göttlicher Herkunft bist, dann bist du zumindest deiner Zeit um Jahrtausende voraus".

Jonathan seufzte. Das ist der Preis, dachte er, man wird mißverstanden, wird für einen Teufel gehalten oder für einen Gott. „Und was denkst

du, Fletcher — sind wir unserer Zeit voraus?"
Langes Schweigen lastete. Endlich kam die Antwort. „Die Kunst des Fliegens ist real und jederzeit für jeden erlernbar, dem der Sinn danach steht; das hat nichts mit der Zeit zu tun. Wir sind den anderen vielleicht weit voraus in der Form, in der Art des Fliegens."
„Das klingt schon besser", sagte Jonathan und zog schwebend und glänzend seine Kreise. „Das hast du nicht schlecht ausgedrückt."
Genau eine Woche später geschah etwas. Fletcher demonstrierte vor neuen Schülern die Grundsätze des pfeilschnellen Fluges. Er hatte sich nach einem rasenden Sturzflug elegant abgefangen, schoß ein paar Zentimeter über dem Sand waagrecht dahin. Es war, als zeichne er einen grauen Strich in die Luft. Da geriet ihm ein junger Vogel direkt in die Flugbahn. Es war sein erster Gleitflug, jämmerlich schrie er nach seiner Mutter. Ein Zusammenstoß schien unvermeidlich. Im Bruchteil einer Sekunde verriß Fletcher scharf nach links und prallte in höchster Geschwindigkeit gegen eine Klippe aus Granit. Er empfand keinen Schmerz. Es war, als sei der Felsen ein gewaltiges ehernes Tor zu einer anderen Welt. Er ertrank in einer Woge aus Entsetzen und Schrecken, alles wurde schwarz, dann fand er sich in einem sehr seltsamen Himmel treibend und vergaß, was geschehen war, und erinnerte sich und vergaß, betrübt und bang und traurig und voll Reue. Und da ertönte wieder die Stimme in ihm und neben ihm wie an jenem ersten Tag, da er Jonathan begegnet war.
„Wir müssen versuchen, unsere Grenzen in der rechten Ordnung geduldig zu überwinden. Einen Felsen zu durchfliegen, das ist noch zu früh, das ist ein späterer Lehrstoff."
„Jonathan."
„Jawohl, angeblich der Göttliche", erwiderte sein Lehrer trocken.
„Was machst du hier? Die Klippe? Bin ich nicht eben ... bin ich nicht tot?"
„Ach, du närrischer Vogel. Denk nach. Wenn du jetzt mit mir reden kannst, bist du doch nicht tot. Was dir da eben geglückt ist, ist nur

ein Wechsel der Bewußtseinsebene. Allerdings ziemlich heftig. Jetzt darfst du wählen. Du kannst bleiben und auf dieser Ebene weiterlernen, die beträchtlich höher ist als die frühere, oder du kannst zurückkehren und bei deinem Schwarm weiter lehren. Die Ältesten haben immer gewartet, daß es ein Unglück geben würde, jetzt sind sie zufrieden, daß du ihnen den Gefallen getan hast."

„Ich will zurück zum Schwarm, selbstverständlich. Ich habe doch mit der neuen Gruppe eben erst angefangen." „Sehr gut, mein Sohn. Denk daran, was du gelernt hast: Der Körper ist nur der personifizierte Gedanke . . ." Fletcher schüttelte verwirrt den Kopf, spannte die Flügel aus und öffnete die Augen. Und er befand sich wieder am Fuß der Klippe. Um ihn hatte sich der Schwarm versammelt. Als er sich bewegte, lief ein gewaltiges Getöse aus Krächzen und Kreischen durch die Menge.

„Er lebt! Er, der schon tot war, lebt!" „Der Göttliche hat ihn nur mit der Flügelspitze berührt. Er hat ihn zum Leben erweckt."

„Nein. Er leugnet seine göttliche Herkunft. Er ist der Teufel. Der *Teufel,* der die Gemeinschaft des Schwarms zerbrechen will." Die Masse der Möwen fürchtete sich wegen der Dinge, die sich zugetragen hatten. Der Schrei *Teufel!* lief wie ein Wind durch die Menge, brauste wie der Sturmwind vom Meer. Augen starrten glasig, scharfe Schnäbel rückten enger zusammen. Mord drohte.

„Möchtest du fort, mein Sohn?" fragte Jonathan. „Ja, es wäre wohl besser." Im selben Augenblick schwebten sie beide eine halbe Meile weit entfernt, und die scharfen Schnäbel des Pöbels stachen ins Leere. „Warum ist es nur so furchtbar schwer, einen Vogel von seiner Freiheit zu überzeugen", sagte Jonathan sinnend. „Jeder ist frei und kann seine Freiheit nutzen — er muß sie nur üben. Ist das denn wirklich so schwierig?" Fletcher blinzelte, noch schwindlig vom raschen Wechsel der Umgebung. „Was hast du jetzt gemacht? Wie sind wir hierhergekommen?" „Du wolltest doch weg von diesem mordlustigen Pöbel?" „Gewiß, aber wie hast du . . ." „Wie? Genauso wie alles andere,

Fletcher. Es ist Übung."
Im Laufe des Morgens vergaß der Schwarm seine Tollheit wieder, doch Fletcher nicht. „Jonathan, erinnerst du dich, was du mir vor sehr langer Zeit einmal gesagt hast – daß man den Schwarm so sehr lieben muß, daß man zurückkehrt und ihm hilft?" „Sicher." „Ich begreife nicht, wie du einen Mob lieben kannst, der eben noch versucht hat, dich umzubringen." „Oh, Fletcher, den Mob liebt man nicht! Man liebt nicht den Haß und das Böse, natürlich nicht. Du bist noch unerfahren, du mußt dich ständig bemühen, die wahre Möwe, den guten Kern in jeder einzelnen von ihnen, zu erkennen. Du mußt ihnen helfen, sich selbst zu sehen. Das meine ich mit Liebe. Hat man sie gefunden, dann macht alles Freude. Ich kannte einmal einen wilden jungen Vogel, der hieß Fletcher Lynd. Er war ausgestoßen aus seinem Schwarm, und er haßte seine Artgenossen deswegen und wollte sie bis auf den Tod bekämpfen. Und damit schuf er sich seine eigene bittere Hölle draußen auf den Fernen Klippen. Und heute ist er hier und ist dabei, sich seinen eigenen Himmel zu erbauen, weil er seinen Schwarm auf den richtigen Weg führen will."
Fletcher sah seinen Lehrer an. In seinen Augen blitzte sekundenlang die Angst auf. „*Ich* – sie führen? Was meinst du damit, daß *ich* sie führen soll? Du bist hier der Lehrer. Du könntest sie nicht verlassen." „Könnte ich nicht? Zahllose Schwärme gibt es und zahllose ruppige Möwen wie einst jener Fletcher. Meinst du nicht auch, daß sie mich mehr brauchen als diese da, die schon unterwegs sind zum Licht?" „Aber ich? Jon, ich bin nur eine gewöhnliche Möwe, du ..." „Bist ein Göttlicher, willst du sagen?" Jonathan seufzte und sah über das Meer hinaus. „Du brauchst mich nicht mehr. Was du brauchst, ist Selbstvertrauen. Finde zu dir selbst täglich ein wenig mehr. Finde die wahre, unbegrenzt freie Möwe Fletcher. Sie wird dein Lehrer sein. Und Jonathans Körper flimmerte in der Luft, erstrahlte und wurde durchsichtig. „Laß nicht zu, daß sie dumme Gerüchte über mich verbreiten oder mich zum Gott erklären. Ich bin nur eine Möwe. Ich liebe das

Fliegen, vielleicht ..."
„Jonathan!"
„Mein armer Sohn. Trau deinen Augen nicht. Was immer sie dir zeigen, es ist nur Begrenztheit. Trau deinem Verstand, hebe ins Bewußtsein, was in dir ist , und du wirst wissen und fliegen." Der Strahlenglanz erlosch. Die Möwe Jonathan hatte sich in Luft aufgelöst. Und ihr Schüler flog schwerfällig auf, wandte sich unter grauem Himmel heimwärts und nahm seine Pflicht bei neuen Schülern auf, die begierig auf ihre erste Lehrstunde warteten. Ernst und bedrückt begann er. „Ihr müßt vor allem verstehen, daß die Möwe die absolute Idee der Freiheit ist, das Abbild der Großen Möwe. Und der Körper ist von Flügelspitze zu Flügelspitze nichts weiter als der Gedanke selbst."
Die jungen Möwen blickten ihn unsicher an. Hallo, dachten sie, das klingt aber gar nicht nach Flugregeln. Fletcher seufzte und wollte noch einmal von vorn anfangen. „Ja — na schön", sagte er plötzlich und musterte sie kritisch. „Fangen wir mit dem Tiefflug an." Und indem er das sagte, begriff er urplötzlich, daß sein Freund wahrhaftig nicht um ein Haar göttlicher gewesen war als er selbst.
Keine Grenzen, Jonathan, dachte er. Die Zeit ist nicht mehr fern, da auch ich aus der durchsichtigen Luft heraus auf *deinem* Strand erscheinen und dir zeigen kann, was Fliegen in Freiheit bedeutet.
Und obwohl er sich vor seinen Schülern streng gab, sah er sie plötzlich alle so, wie sie wirklich waren. Und was er in ihnen sah, erfüllte ihn über Anerkennung hinaus mit tiefer Liebe. Grenzenlos, Jonathan, dachte er und war glücklich. Der Weg zur Erkenntnis war beschritten, der Kampf in ständigem Lernen hatte begonnen.

Richard Bach

Illusionen

Die Abenteuer eines Messias
wider Willen

Vorwort

Nach dem Erscheinen der *Möwe Jonathan* bekam ich immer wieder zu hören: »Was werden Sie als nächstes schreiben, Richard? Nach *Jonathan*?«

Damals habe ich geantwortet, ich würde gar nichts als nächstes schreiben, kein einziges Wort, und daß alle meine Bücher zusammengenommen alles aussagten, was ich aussagen wollte. Nach einer Zeit des Hungerns, nachdem ich auch kein Auto mehr hatte, empfand ich es als wohltuend, nicht mehr bis Mitternacht arbeiten zu müssen.

Dennoch hatte ich mit meinem antiquierten Doppeldecker jeden Sommer Rundflüge für drei Dollar über die grasgrünen Ozeane des amerikanischen Mittelwestens geflogen, und nun spürte ich den alten Drang wieder: Da war ein Rest von Unausgesprochenem übriggeblieben ...

Ich schreibe gar nicht gern. Wenn ich einen Gedanken abwenden kann, draußen, in der Dunkelheit, wenn ich es vermeiden kann, die Tür, die zu ihm führt, aufzustoßen, strecke ich nicht einmal die Hand nach dem Bleistift aus.

Aber ab und zu gibt es doch eine gewaltige Explosion mit herumfliegenden Glassplittern und Ziegeln und geborstenem Gebälk, und einer stolziert über die Trümmer zu mir herein, packt mich an der Kehle und sagt dann ganz sanft: »Ich laß dich nicht los, ehe du mich zu Papier gebracht hast.« So bin ich *Illusionen* begegnet.

Hier, im Mittelwesten, lag ich nun auf dem Rücken und versuchte mich im Verflüchtigen von Zirruswolken, und ich kam nicht darüber hinweg ... Was wäre, wenn nun jemand käme, der sich wirklich darauf verstünde, der mir zeigte, wie meine Welt funktioniert und wie ich sie meistern könnte? Was wäre, wenn ich jemandem begegnete, einem, der seiner Zeit voraus ist . . . Was wäre, wenn ein Siddhartha oder ein Christus in unsere Zeit käme, der über die Illusionen der Welt gebieten könnte, weil er die Wirklichkeit hinter ihnen erkannt hat? Und was wäre, wenn ich ihn tatsächlich eines Tages träfe, wenn er einen Doppeldecker fliegen und neben mir auf derselben Wiese landen würde? Was würde er sagen, wie würde er sein?

Vielleicht ganz anders als der Messias auf den ölverschmierten, grasfleckigen Seiten meines Tagebuches. Vielleicht würde er nichts von dem sagen, was in diesem Buch steht. Aber andererseits gibt es all die Dinge, die dieser mir gesagt hatte: daß wir zum Beispiel in unser Leben hineinziehen können, was immer wir in unseren Gedanken festhalten – und wenn das so ist, dann gibt es für diesen Augenblick für mich und auch für dich einen guten Grund. Vielleicht ist es dann kein Zufall, daß du dieses Buch in den Händen hältst. Vielleicht gibt es dann etwas in diesen Abenteuern, das dir jetzt wieder einfällt, weil du es nicht vergessen solltest. Das möchte ich glauben. Und ich möchte auch glauben, daß mein Messias dort draußen in einer anderen Dimension sitzt, keine Fiktion ist und daß er uns beide beobachtet und lacht, vor Freude lacht, weil es genauso gekommen ist, wie wir es geplant hatten.

1. Und es begab sich einst, daß ein Meister vom Himmel zur Erde niederkam, geboren im heiligen Land Indiana, aufgewachsen in den geheimnisvollen Bergen östlich von Fort Wayne.

2. Der Meister vernahm zuerst von dieser Welt in den öffentlichen Schulen von Indiana, und als er älter wurde, in seinem Beruf als Automechaniker.

3. Aber der Meister besaß auch Erkenntnisse aus anderen Ländern und Schulen und anderen von ihm gelebten Leben. An diese erinnerte er sich und wurde darüber weise und stark, so daß andere seine Stärke spürten und sich bei ihm Rat holten.

4. Der Meister glaubte, er besäße die Kraft, sich selbst und der ganzen Menschheit zu helfen, und sein Glaube machte es wahr für ihn, so daß andere seine Stärke sahen und zu ihm kamen, auf daß er sie von ihren Nöten und ihren vielen Krankheiten erlöse.

5. Der Meister glaubte, daß es jedermann guttäte, sich für einen Sohn Gottes zu halten, und weil er dies glaubte, wurde es wahr, und die Werkstätten und Garagen, in denen er arbeitete, waren bald überfüllt von jenen, die seine Lehren suchten und ihn berühren wollten, und auch die Straßen waren erfüllt von jenen, die da hofften, daß sein Schatten im Vorübergehen auf sie fallen möge und damit ihr Leben ändere.

6. *Und es begab sich, daß sich solche Scharen versammelten, daß die verschiedenen Vorarbeiter und Werkstätteninhaber den Meister baten, seine Werkzeuge abzugeben und seines Weges zu ziehen, denn es hatte sich die Menge so dicht um ihn geschart, daß weder er noch die anderen Mechaniker an ihren Autos arbeiten konnten.*

7. *So geschah es, daß er sich aufs Land begab, wo ihn die Menschen, die ihm folgten, bald den Messias und Wundertäter nannten; und weil sie es glaubten, war es so.*

8. *Ging ein Gewitter nieder, während er sprach, netzte kein Tropfen Regen das Haupt eines einzigen Zuhörers; und die letzten der Menge hörten seine Worte so deutlich wie die ersten, gleichgültig, ob es am Himmel blitzte oder donnerte. Und stets sprach er zu ihnen in Gleichnissen.*

9. *Und er sprach zu ihnen: »In einem jeden von uns wohnt die Macht, sich für ein gesundes oder ein*

sieches, ein reiches oder ein armes, ein Leben in Freiheit oder Sklaverei zu entscheiden. Wir selbst sind es, die darüber bestimmen – und niemand sonst.«

10. Ein Mühlenarbeiter sprach zu ihm: »Ihr habt gut reden, Meister, denn Ihr werdet gelenkt, wir dagegen nicht. Ihr braucht nicht zu schuften wie wir. In dieser unserer Welt muß man für seinen Lebensunterhalt arbeiten.«

11. Der Meister antwortete und sprach: »Es gab einmal eine Ansiedlung von Geschöpfen am Grunde eines großen kristallklaren Flusses.

12. Die Strömung des Flusses ging ruhig über alle hinweg – einerlei, ob jung oder alt, reich oder arm, gut oder böse: Die Strömung ging ihren eigenen Weg, denn sie kannte nur ihr eigenes kristallklares Selbst.

13. Jedes Geschöpf klammerte sich in der ihm eigenen Weise fest an die Zweige und Steine im Flußbett, denn ihre Art zu leben bedeutete Sichfesthalten; von Geburt an hatte man ihnen beigebracht, der Strömung zu widerstehen.

14. Aber unter ihnen gab es ein Geschöpf, das eines Tages sagte: ›Ich habe es satt, mich immer festzuhalten! Ich kann es zwar nicht mit meinen Augen sehen, aber ich vertraue trotzdem darauf, daß die Strömung weiß, wohin es geht. Ich werde loslassen, damit mich das Wasser forttragen kann, wohin es will; denn wenn ich mich weiter festhalte, werde ich vor Langeweile sterben.‹

15. *Die anderen Geschöpfe lachten und sagten: ›Du Narr! Laß nur los, und du wirst sehen, wie die Strömung, die du so verehrst, dich packen und auf die Felsen schmettern wird, und du wirst schneller daran sterben als vor Langeweile!‹*

16. *Aber dieses eine Geschöpf hörte nicht auf sie: Es holte einmal tief Luft und ließ los und wurde sofort herumgewirbelt und von der Strömung gegen die Felsen geschmettert.*

17. *Aber noch rechtzeitig trug die Strömung das Geschöpf, das sich nicht mehr festhalten wollte, vom Grunde des Flusses frei, und es wurde nicht länger zerschunden oder verletzt.*

18. *Und all die Geschöpfe, die sich stromabwärts angesiedelt hatten und die es nicht kannten, riefen: ›Sehet, ein Wunder! Ein Geschöpf wie wir, und doch fliegt es! Seht, der Messias ist gekommen, uns alle zu erlösen!‹*

19. *Und der, den die Strömung getragen hatte, sagte: ›Ich bin nicht mehr der Messias als ihr auch. Der Fluß tut nichts lieber, als uns zu befreien, wenn wir nur den Mut aufbringen loszulassen. Unsere*

wahre Aufgabe ist diese Reise, ist dieses Abenteuer.‹

20. Aber sie riefen nur um so lauter: ›Erlöser!‹ und klammerten sich dabei an die Felsen, und ehe sie sich's versahen, war er gegangen, und sie blieben allein zurück und spannen ihre Legenden von einem Erlöser.«

21. Und als er erkannte, wie sich täglich eine immer größere Schar um ihn versammelte, wie sie ihn enger und heftiger denn je bedrängte und ihn anflehte, daß er sie ohne Unterlaß heilen und immer wieder mit seinen Wundertaten füttern möge, für sie zu lernen und für sie zu leben, stieg er an jenem Tage allein auf einen abgelegenen Berg hinauf; und dort betete er.

22. Und in seinem Herzen sprach er: »Unendliches, strahlendes Sein, wenn es dein Wille ist, so laß diesen Kelch an mir vorübergehen, laß mich diese unmögliche Aufgabe beiseite legen. Ich vermag es nicht, das Leben auch nur einer einzigen anderen Seele zu leben, dennoch rufen Zehntausend mich darum an. Es tut mir leid, daß ich es habe soweit kommen lassen. Wenn es dein Wille ist, dann laß mich zu meinen Motoren und Werkzeugen zurückkehren und laß mich leben wie jeder andere Mensch.«

23. Und eine Stimme sprach zu ihm auf dem Berg, eine Stimme, die weder männlich noch weiblich, weder laut noch leise war. Und diese Stimme sprach zu ihm: »Nicht mein Wille, sondern dein Wille geschehe; denn dein Wille ist auch der meine. Geh deines Weges wie die anderen Menschen und werde glücklich auf dieser Erde.«

24. Und als er dies vernahm, frohlockte der Meister, bedankte sich und summte ein kleines Mechanikerlied, während er von dem Berg hinabstieg. Und als das Volk ihn wieder umringte und bestürmte und ihm von seinen Kümmernissen berichtete und ihn anflehte, es zu heilen und ohne aufzuhören mit den Früchten seiner Erkenntnisse zu füttern und mit seinen Wundertaten zu unterhalten, lächelte er der Menge freundlich zu und sagte: »Ich höre auf.«

25. Einen Augenblick hatte es der Menge die Sprache verschlagen.

26. Und er sprach zu ihnen: »Wenn ein Mann Gott versicherte, er täte nichts lieber, als der leidenden Menschheit zu helfen, einerlei, was es koste, und Gott ihm antwortete und sagte, was er tun müßte, sollte dieser Mann dann nicht tun, wie ihm geheißen?«

27. »Gewiß doch, Meister!« rief die Menge. »Es sollte ihm eine Lust sein, selbst Höllenqualen zu erleiden, wenn Gott es so wollte.«

28. »Gleichgültig, was diese Qualen sind und wie schwer die Aufgabe ist?«

29. »Ehrenvoll ist es, aufgehängt, ruhmvoll, an einen Baum genagelt und verbrannt zu werden, wenn es dies ist, was Gott verlangt hat!« riefen sie.

30. »Und was würdet ihr tun«, fragte der Meister die Menge, »wenn Gott euch ins Angesicht sagte: ›ICH GEBIETE EUCH, ZEIT EURES LEBENS AUF DIESER WELT GLÜCKLICH ZU SEIN‹? Was würdet ihr dann tun?«

31. Und die Menge schwieg darob, nicht eine einzige Stimme erklang über den Hügeln und Tälern, wo sie alle standen.

32. Und der Meister sagte in die Stille hinein: »Auf dem Pfad unseres Glücks werden wir die Erkenntnis finden, für die wir uns dieses Leben ausgesucht haben. Dies ist es, was ich heute erkannt habe, und ich will euch jetzt verlassen, damit ihr euren eigenen Weg geht, wie ihr es für richtig haltet.«

33. Und er bahnte sich einen Weg durch die Menge und verließ sie und kehrte zurück in die Alltagswelt der Männer und Maschinen.

2. Kapitel

Es war Hochsommer, als ich Donald Shimoda das erstemal begegnet bin. In den vier Jahren meiner Flugpraxis war ich noch nie auf jemanden gestoßen, der sich wie ich betätigte, der mit dem Wind von Stadt zu Stadt flog und Rundflüge in einem alten Doppeldecker verkaufte: Preis drei Dollar für zehn Minuten Flugzeit. Aber eines Tages, unmittelbar nördlich von Ferris im Staate Illinois, blickte ich aus dem Cockpit meiner alten Fleet hinunter, und da saß eine Travel Air 4000, gold und weiß lackiert, wie gemalt, mitten im gelbgrünen Gras.

Gewiß, mein Leben war ungebunden, aber manchmal wurde es verdammt einsam. Ich sah den Doppeldecker dort unten, zögerte einen Augenblick und dachte dann, es könnte nicht schaden, ihm einen Besuch abzustatten.

Gas zurück auf Leerlauf, voll ins Seitenruder gestiegen, und dann glitten die Fleet und ich mit einem kalifornischen Riesenslip schräg nach unten auf den Boden zu. Der Wind sang in den Spanndrähten, ein sanfter, guter Klang, das bedächtige tuk-tuk des guten alten Motors, der den Propeller ohne Hast weiter herumwirbelte. Schutzbrille hoch, um die Landung besser beobachten zu können. Maisstengel huschten wie ein grünblättriger Dschungel dicht unter mir dahin, eine Umzäunung blitzte auf, dann nur frischgemähtes Heu, so weit das Auge reichte. Mit Knüppel und Ruder aus dem Slip, ein elegantes Abfangen über dem Heu, das die Reifen streiften, und dann das vertraute harte Schütteln vom festen Boden unter den Rädern, sachte, sachte ... ein plötzliches Anschwellen von Lärm und Kraft, um neben das andere Flugzeug zu rollen und zu halten. Gas weg, Zündung aus, das leise klack-klack des Propellers, der nun in der völligen Ruhe des Julitages zum Stillstand kam.

Der Pilot der Travel Air saß im frischgemähten Gras, den Rücken gegen das linke Rad seiner Maschine gelehnt, und beobachtete mich. Eine gute halbe Minute starrte ich zurück und bewunderte seine rätselhafte Gelassenheit. Ich wäre nicht so ruhig gewesen, hätte nicht einfach so dagesessen und zugesehen, wie ein anderes Flugzeug sich knappe zehn Meter entfernt von mir auf ein Feld setzte. Ich nickte ihm zu, er gefiel mir auf den ersten Blick. »Sie sahen so einsam aus!« rief ich über die Entfernung zwischen uns.

»Sie auch.«

»Wollte nicht stören. Wenn ich überflüssig bin, verdufte ich.«

»Nein. Ich habe Sie erwartet.«

Ich mußte lächeln. »Tut mir leid, daß ich mich verspätet habe.«

»Macht nichts.«

Ich nahm meine Kopfhaube und die Schutzbrille ab, kletterte aus dem Führersitz und sprang von der Tragfläche herunter. Es tut jedesmal wohl, wenn man ein paar Stunden in der Fleet gesessen hat.

»Ich hoffe, Sie haben nichts gegen ein Brot mit Schinken und Käse«, sagte er. »Schinken und Käse und vielleicht eine Ameise.« Kein Händeschütteln, keine irgendwie geartete Vorstellung.

Er war kein großer Mann. Haare bis auf die Schultern, schwärzer als der Reifen, gegen den er sich stützte. Augen dunkel wie die eines Falken, von der Art, wie ich sie bei einem Freund gern sehe und wie sie mir bei jedem anderen Menschen ein ungutes Gefühl geben. Er hätte ein Karatetrainer sein können, unterwegs zu einer ruhigen Demonstration der Gewalt.

Ich nahm das dargebotene belegte Brot und akzeptierte einen Thermosbecher voll Wasser. »Wer sind Sie eigentlich?« sagte ich. »Seit Jahren bin ich in diesem Geschäft, und niemals ist mir jemand aus derselben Branche mitten auf einer Wiese begegnet.«

»Ich tauge zu nichts anderem«, entgegnete er gut gelaunt. »Ich war Automechaniker, habe Schweißtechnik gelernt, habe mich überall herumgetrieben, mit Planierraupen gearbeitet und so weiter – wenn ich irgendwo zu lange bleibe, gibt es Probleme. Deshalb habe ich mir das Flugzeug zusammengebastelt, und nun bin ich eben als ›Barnstormer‹ im Geschäft.«

»Was für Planierraupen?« Seit meiner Kindheit hatten mich diese Dieseltraktoren fasziniert.

»D-Achter, D-Neuner. Vorübergehend, in Ohio.«

»D-Neuner! Die sind ja riesig! Doppelte Untersetzung in den niedrigen Gängen! Können die tatsächlich einen Berg versetzen?«

»Es gibt bessere Wege, um Berge zu versetzen«, antwortete er, und ein winziges Lächeln huschte über sein Gesicht.

Ich lehnte mich gegen die untere Tragfläche seiner Maschine und sah ihn mir genau an. Das Licht ... es täuschte wohl, denn es war schwer, dem Mann direkt in die Augen zu sehen, als ob ein Strahlenkranz um seinen Kopf war, der den Hintergrund in einem neblig-silbrigen Schimmer verschwinden ließ.

»Stimmt was nicht?« fragte er.

»Was waren denn das für Probleme?«

»Oh, nichts Besonderes. Ich bin eben gern auf der Walze, genau wie du.«

Ich nahm mein Butterbrot und spazierte um seine Maschine herum. Es war ein Modell aus dem Jahr 1928 oder 1929, und nicht ein einziger Kratzer. Selbst Fabriken stellen keine Flugzeuge her, die so neu aussehen wie diese Maschine hier im Gras. Mindestens zwanzig Schichten erstklassige und mit der Hand eingeriebene Spannlackierung, eine spiegelglatte, straff über den Rippen liegende Farbschicht. *Don* prangte in altenglischen Blattgoldlettern unmittelbar unter dem Rand des Cockpits, und auf der Kartentasche stand *D. W. Shimoda.* Die Fluginstrumente waren nagelneu, Originalinstrumente aus dem Jahr 1928. Steuerknüppel und Seitenruderachse aus gefirnißter Eiche, Gashebel, Gemischregler, Zündverstellung links davon. Heutzutage hat man keine Zündverstellung mehr, auch nicht an den mit größter Liebe restaurierten Oldtimern. Nirgends ein Kratzer, kein Flicken auf der Bespannung, keine Ölspuren unterhalb der Haube. Kein einziger Strohhalm auf dem Boden des Cockpits, als wäre die Maschine überhaupt niemals geflogen, sondern hätte durch eine Zeitverwerfung über ein halbes Jahrhundert hinweg hier und jetzt Gestalt angenommen. Mir sträubten sich die Nackenhaare. »Seit wann machen Sie diese Rundflüge?« fragte ich über die Maschine hinweg.

»Seit vier, fünf Wochen.«

Er log. Nach fünf Wochen in den Wiesen, und wenn man noch so gut fliegt, ist es einfach unmöglich, die Maschine von Schmutz und Ölspuren freizuhalten, und auf dem Boden des Cockpits liegt ganz bestimmt Stroh. Aber dieses Flugzeug ... kein Ölfilm auf der Windschutzscheibe, keine Spuren von fliegendem Heu an den Vorderkanten von Tragflächen und Höhenruder, keine auf den Propellerschaufeln zerquetschten Insekten. Unmöglich für ein Flugzeug, das durch einen Sommer in Illinois fliegt.

Ich sah mir die Travel Air noch ein paar Minuten genauestens an. Dann ging ich zurück und setzte mich auf das Heu unter die Tragfläche, dem Piloten gegenüber. Ich hatte keine Furcht, er gefiel mir noch immer, aber irgend etwas stimmte hier nicht.

»Warum erzählen Sie mir nicht die Wahrheit?«

»Ich habe aber die Wahrheit gesagt, Richard«, erwiderte er. »Mein Name steht doch auch am Flugzeug dran.«

»Man befördert nicht einen Monat lang Passagiere in einer Travel Air, ohne eine Spur von Öl und Staub auf die Maschine zu bekommen, mein Freund, einen Riß in die Bespannung und, zum Teufel noch einmal, Stroh auf den Boden des Cockpits!«

Er war ruhig geblieben und lächelte. »Es gibt eben Dinge, von denen du nichts weißt.«

Im gleichen Augenblick wurde er für mich zu einem Wesen von einem anderen Planeten. Ich glaubte ihm, und doch hatte ich keine Erklärung dafür, wie er sein Kleinod von einer Maschine gerade dort, in dem sommerlich abgemähten Feld, hätte landen können.

»Da hast du recht. Aber eines Tages werde ich alles verstehen. Und dann, Donald, kannst du auch meine Maschine haben, denn ich werde sie nicht mehr brauchen.«

Er sah mich interessiert an und hob die schwarzen Augenbrauen.

»Ach ja? Erklär mir das.«

Ich war begeistert. Endlich jemand, der meine Theorie erklärt haben wollte!

»Viele Jahre lang konnten die Menschen nicht fliegen, eben weil sie es nicht für möglich hielten, stimmt's? Und deshalb haben sie sich auch nicht über die elementarsten Prinzipien der Aerodynamik den Kopf zerbrochen. Ich glaube aber, daß noch ein anderes Prinzip im Spiel ist: Wir brauchen nämlich keine Flugzeuge, um zu fliegen oder um durch die Wand zu gehen oder auf Planeten zu landen. Wir könnten es auch ohne die Anwendung von Maschinen bewerkstelligen. Wenn wir es nur wollten.«

Er schenkte mir ein halbes Lächeln, blieb aber ernst darunter und nickte mit dem Kopf. »Und du bildest dir ein, daß du das, was du lernen willst, erreichen kannst, indem du den Leuten für drei Dollar Rundflüge verkaufst?«

»Ich betrachte nur die Kenntnisse als wichtig, die ich mir selbst erworben habe, indem ich das tue, was mir Freude macht. Es gibt zwar keinen, aber sollte es tatsächlich einen Menschen geben, der mir mehr von dem beibringt, was ich wissen will, als es mein Flugzeug und der Himmel über mir können, zeig ihn mir mal, oder sie.«

Die dunklen Augen sahen mich direkt an. »Glaubst du denn nicht, daß du geführt wirst, wenn du das wirklich lernen willst?«

»Klar werde ich geführt, werden wir es nicht alle? Ich habe immer gefühlt, daß irgend etwas über mich wacht.«

»Und du meinst, du wirst zu einem Lehrer geführt, der dir helfen kann?«

»Ja, wenn dieser Lehrer nicht zufällig ich selbst bin.«

»Könnte sein, daß genau das geschieht«, sagte er.

Ein moderner, neuer Pickup-LKW kam die Straße heruntergebraust, warf einen feinen braunen Staubnebel auf und hielt am Rand des Feldes. Die Tür wurde geöffnet, und ein alter Mann und ein etwa zehnjähriges Mädchen kletterten heraus. Der Staub blieb in der Luft hängen, so windstill war es.

»Kann man bei euch Rundflüge buchen?« fragte der Mann.

Das Feld war Donald Shimodas Entdeckung, also blieb ich stumm und hielt mich zurück.

»Jawohl, Sir«, antwortete er forsch. »Haben Sie Lust, wollen Sie heute fliegen?«

»Möglich. Dreht ihr Rollen in der Luft, ich meine Loopings und so, wenn ich da oben bin?« Der Mann zwinkerte mit den Augen und fixierte uns, als wollte er herausbekommen, ob wir ihn hinter seiner ländlichen Sprache richtig einschätzen würden.

»Wird gemacht, wenn Sie's wollen, wird unterlassen, wenn Sie's nicht wollen.«

»Und ich nehme an, ihr verlangt ein Vermögen dafür, wie?«

»Drei Dollar in bar und im voraus, Sir. Zehn Minuten Flugzeit. Macht dreiunddreißig ein Drittel Cent die Minute. Und das ist es bestimmt wert, sagen jedenfalls die meisten.«

Es war ein merkwürdiges Gefühl, beiseite zu stehen, nichts zu tun und mit anzuhören, wie der Typ sich verkaufte. Mir gefiel seine Masche, seine Art der Untertreibung. Ich hatte mich an meine eigene Werbung gewöhnt *(»Garantiert fünf Grad kühler dort oben, Leute! Kommt rauf mit mir, wo es nur Vögel und Engel gibt! Und all das für nur drei Dollar, ein dutzendmal fünfundzwanzig Cent aus Ihrer Tasche . . .«).* Ich hatte vergessen, daß es auch einen anderen Weg gibt. Es ist anstrengend, allein zu fliegen und auch noch die Rundflüge selber verkaufen zu müssen. Ich war es zwar gewöhnt, aber die Nervosität war geblieben. Verkaufe ich keine Rundflüge, esse ich auch nicht. Nun, da ich nur zuzusehen brauchte und mein Abendbrot nicht davon abhing, wie es ausging, konnte ich mich ausnahmsweise einmal entspannen.

Das kleine Mädchen stand abseits. Blond, braunäugig und mit ernstem Gesicht. Sie war da, weil ihr Opa da war. Sie wollte nicht fliegen. Meistens ist es umgekehrt. Die Jungen wollen fliegen, die Erwachsenen haben Bedenken. Man bekommt einen sechsten Sinn, wenn der Lebensunterhalt davon abhängt; ich hatte begriffen, daß dieses Mädchen nicht mit uns fliegen würde, auch wenn wir den ganzen Sommer darauf warteten.

»Welcher von euch beiden . . .?« sagte der Mann.

Shimoda füllte sich den Thermosbecher voll Wasser. »Richard wird fliegen. Ich habe noch Mittagspause. Es sei denn, Sie wollen warten.«

»Nein, Sir, ich bin bereit. Können wir über meine Farm fliegen?«

»Klar«, sagte ich. »Sie brauchen mir nur den Weg zu zeigen.«

Ich holte mein zusammengerolltes Bettzeug, meine Werkzeugtasche und mein Kochgeschirr aus dem Cockpit der Fleet, half dem Mann auf den Passagiersitz und schnallte ihn an. Dann zwängte ich mich in das Cockpit und schnallte mich ebenfalls an.

»Wirfst du mir bitte den Motor an, Don?«

»Wird gemacht.« Er kam mit dem Thermosbecher in der Hand und stellte sich neben den Propeller. »Wie willst du's haben?«

»Gleich mit Zündung! Sachte anwerfen! Der Schub reißt ihn dir aus der Hand.«

Wenn man den Propeller der Fleet zu heftig anwirft, würgt man den Motor ab. Aber dieser Mann warf den Propeller so sachte an, als hätte er es sein Leben lang getan. Die Feder des Schwungrades schnappte ein, die Zündkerzen feuerten, und der alte Motor lief gelassen. Shimoda ging zurück zu seiner Maschine, hockte sich ins Gras und begann eine Unterhaltung mit dem Kind.

In einem Wirbel entfesselter Pferdestärken und fliegenden Strohs hob sich die Fleet in die Luft und kletterte dreißig Meter hoch (wenn der Motor aussetzt, landen wir auf dem Acker), zweihundert Meter (wir können immer noch wenden und im Heu landen . . . jetzt wäre es die Kuhweide im Westen), dreihundert Meter und im Geradeausflug, dem ausgestreckten Zeigefinger des Mannes durch den Fahrtwind nach Südwesten folgend.

Drei Minuten in der Luft, und wir kreisten über einem Bauernhof, über Scheunen von der Farbe glühender Kohlen, über einem elfenbeinfarbenen Haus in einem Meer von Pfefferminzgrün. Hinten ein Gemüsegarten: Mais und Salat und Tomatenpflanzen. Der Mann im vorderen Teil des Cockpits sah hinunter durch die Luft, während wir über das von Tragflächen und Spanndrähten umrahmte Farmhaus flogen.

Auf der Veranda war eine Frau erschienen, weiße Schürze über blauem Kleid, und winkte. Der Mann winkte zurück. Später würden sie sich erzählen, wie deutlich sie einander von Himmel und Erde aus erkennen konnten.

Er wandte sich zu mir um und nickte. Genug, danke schön, wir können zurückfliegen.

Ich flog in einer weiten Kurve über Ferris, um für uns zu werben, und ging dann in einer engen Spirale über den Wiesen hinunter, um ihnen zu zeigen, wo wir waren.

Als ich zur Landung hinunterslippte und steil über dem Maisfeld einkurvte, konnte ich gerade noch sehen, wie die Travel Air abhob und Richtung auf die Farm nahm, die wir gerade verlassen hatten.

Ich bin einmal mit einem kleinen Wanderzirkus aus fünf Maschinen geflogen, und einen Augenblick lang war es dasselbe Gefühl ... Das eine Flugzeug steigt auf mit neuen Passagieren, das andere landet. Wir setzten mit einem sanften Stoß auf und rollten bis zum Rand der Wiese nahe der Straße.

Der Motor stand still, der Mann löste den Sicherheitsgurt, und ich half ihm beim Aussteigen. Er holte die Brieftasche aus seiner Latzhose und blätterte kopfschüttelnd drei Dollarscheine hin.

»Ein prächtiger Flug, mein Junge.«

»Das meinen wir auch. Wir verkaufen eine gute Sache.«

»Sie meinen, Ihr Freund verkauft sie.«

»So?«

»Klar. Ihr Freund, der könnte dem Teufel 'ne Ladung Asche andrehen. Wetten daß?«

»Weshalb sagen Sie das?«

»Natürlich wegen der Kleinen. Meiner Enkelin Sarah verkauft er einen Rundflug!« Während er sprach, verfolgten seine Augen die Travel Air, die wie ein silbriges Stäubchen in der Luft hing und dann über dem Farmhaus kreiste. Er klang ungerührt, wie ein Mann, für den es alltäglich ist, daß ein toter Zweig im Hof plötzlich Blüten und reife Äpfel trägt.

»Seit ihrer Geburt hat die Kleine eine Heidenangst vor Höhen. Schreit wie am Spieß. Sarah würde genausowenig auf einen Baum klettern wie mit der bloßen Hand in ein Hornissennest fahren. Sie klettert ja nicht einmal auf einer Leiter zum Dachboden, würde es auch dann nicht tun, wenn die Sintflut käme. Sie versteht sich auf Maschinen, hat auch was fürs Vieh übrig, aber Höhen ... davor fürchtet sie sich. Und nun fliegt sie durch die Luft!«

Er erzählte es mir und sprach dann davon, wie vor vielen Jahren einmal ein Luftzirkus durch Galesburg gekommen war und durch Monmouth und wie sie mit Doppeldeckern flogen, genau wie unsere, und wie sie allerhand waghalsige Kunststücke gemacht hätten.

Ich beobachtete die Travel Air, wie sie immer größer wurde und über der Wiese ihre Kurven zog. Dann ließ er sie seitwärts fallen, und zwar so schräg, wie ich niemals mit einem kleinen Mädchen, das Höhenangst hatte, geflogen wäre. Dann glitt sie über das Maisfeld und den Zaun und ließ sich sanft in einer Dreipunktlandung auf das Gras herunter. Es war wundervoll. Donald Shimoda mußte eine lange Flugerfahrung haben, um so perfekt zu landen.

Das Flugzeug rollte, bis es neben uns zum Stehen kam, und zwar aus eigener Kraft. Der Propeller drehte sich mit einem leisen Klacken und stand still. Ich sah genau hin. Keine toten Insekten, keine einzige zerquetschte Fliege auf diesen knapp drei Meter langen Schaufeln.

Ich löste den Sicherheitsgurt der Kleinen, machte die Tür des vorderen Cockpits auf und zeigte ihr, wie sie aussteigen sollte, um nicht mit dem Fuß auf die Bespannung zu treten.

»Na, wie war's?« fragte ich.

Aber sie hatte es überhaupt nicht wahrgenommen.

»Opa, ich hab keine Angst mehr! Ehrlich, ich hab mich überhaupt nicht gefürchtet! Das Haus hat wie ein kleines Spielzeug ausgesehen, und Mama hat gewinkt, und Don hat gesagt, ich fürchte mich nur, weil ich einmal heruntergefallen und gestorben bin, und ich brauchte mich nicht mehr zu fürchten! Ich will Pilot werden, wenn ich groß bin, Opa, ich werde dann selber ein Flugzeug haben, ich werde den Motor instand halten und überallhin fliegen und die Leute mitnehmen! Darf ich?«

Shimoda lächelte dem Mann zu und hob die Schultern.

»Er hat dir gesagt, du wirst Pilot werden, Sarah, stimmt's?«

»Nein, aber ich werde es. Du weißt doch, daß ich Maschinen reparieren kann.«

»Das kannst du mit deiner Mutter bereden. Jedenfalls müssen wir beide jetzt nach Hause.«

Sie bedankten sich bei uns; einer ging langsam, der andere rannte zu dem Laster. Beide waren durch das, was sich auf dem Feld und in der Luft ereignet hatte, verändert.

Dann kamen zwei Autos und dann noch eins, und als es Mittag geworden war, wollten eine Menge Leute Ferris aus der Luft bestaunen. Wir flogen ein gutes Dutzend Rundflüge so schnell hintereinander wie nur möglich, und dann lief ich zur Tankstelle, um für die Fleet Treibstoff zu holen. Wieder Passagiere, und dann noch ein paar, und schließlich war es Abend, und wir waren pausenlos abwechselnd geflogen, bis die Sonne untergegangen war.

Auf einer Tafel irgendwo stand: *200 Einwohner,* und als es ganz dunkel geworden war, meinte ich, wir hätten alle zweihundert geflogen und noch einige aus der Umgebung obendrein. Ich war so beschäftigt gewesen, daß ich gar nicht daran dachte, Don zu fragen, was er Sarah erzählt und ob er die Geschichte mit dem Tod erfunden hatte oder sie womöglich selber glaubte. Ab und zu hatte ich, während Fluggäste ein- und ausstiegen, seine Maschine inspiziert. Sie blieb makellos, nirgendwo war ein Ölspritzer. Offenbar flog er so geschickt, daß er den Insekten auswich, die ich alle zwei Stunden von meiner Windschutzscheibe wischen mußte.

Als wir endlich Schluß machten, war nur noch ein

Streifen von Tageslicht am Himmel. Ich legte trockene Maisstengel auf meinen kleinen Feldkocher und darüber ein paar Stücke Holzkohle. Dann zündete ich sie an. Jetzt war es ganz dunkel. Die Flammen warfen ihre Farben auf die abgestellten Maschinen, und das goldfarbene Stroh funkelte in der Glut.

Ich untersuchte den Proviantkasten. »Entweder Suppe oder Eintopf oder Spaghetti«, sagte ich. »Oder Birnen oder Pfirsiche. Möchtest du heiße Pfirsiche?«

»Mir egal«, sagte er. »Irgend etwas oder nichts.«

»Mann, bist du denn nicht hungrig nach soviel Arbeit?«

»Ehrlich gesagt, reizt mich deine Auswahl nicht sehr, es sei denn, der Eintopf ist einigermaßen.«

Ich öffnete die Konservendose mit einem Schweizer Luftwaffenmesser, tat dasselbe mit der Dose mit den Spaghetti und stellte beide aufs Feuer.

Dollarscheine knisterten in meinen Taschen ... Jedesmal war es dieser Teil des Tages, den ich besonders gern hatte. Ich holte die Geldscheine heraus, und ohne sie zu glätten, zählte ich sie. 147 Dollar, ich überschlug es im Kopf, was mir niemals leicht fällt.

»Also das macht ... das macht ... mal sehen: vier und zwei im Sinn ... das macht neunundvierzig Flüge insgesamt! Ein Rekord, Don, über hundert Dollar pro Tag, nur ich und die Fleet. Du mußt glatte zweihundert gemacht haben ... mit deinen zwei Passagieren bei jedem Flug, hab ich recht? Du fliegst doch meistens zwei.«

»Meistens«, antwortete er.

»Übrigens«, fügte er hinzu, »wie steht's mit dem Lehrer?«

»Ich brauche keinen Fluglehrer«, sagte ich. »Ich schwimme im Geld. Es langt mindestens für eine Woche, da kann es getrost Schusterjungen regnen – ohne Unterbrechung, eine ganze Woche lang.«

»Wenn du mit dem Geldzählen und Darinschwimmen fertig bist«, sagte er und lächelte, »würdest du die Freundlichkeit haben, mir den Eintopf zu reichen?«

Gewimmel und Ansammlungen von Menschen, Ströme von Leuten, die sich über einen Menschen, der mitten darin stand, ergossen. Dann wurde aus den Menschen ein Meer, aber anstatt darin zu ertrinken, wandelte er über den Wellen, pfiff leise vor sich hin und verschwand. Das Meer aus Wasser wurde zu einem See aus Gras. Eine weiß-goldene Travel Air glitt herab und landete auf der Wiese, der Pilot stieg aus dem Cockpit und stellte ein Transparent auf: Rundflüge 3 $.

Es war drei Uhr früh, als ich aus dem Traum aufschreckte, mich dann an alles erinnerte und aus einem rätselhaften Grunde glücklich war. Ich öffnete die Augen und sah im Mondlicht die große Travel Air neben der Fleet stehen. Shimoda saß auf seiner Bettrolle in genau derselben Haltung wie damals, als ich ihm begegnet war, und lehnte sich an das linke Rad seiner Maschine. Ich konnte ihn nicht klar erkennen, aber ich wußte, daß er da war.

»Nun, Richard«, klang seine Stimme hinüber zu mir durch das Dunkel, »hast du jetzt begriffen, was hier vor sich geht?«

»Begriffen? Inwiefern?« fragte ich noch ganz schlaftrunken. Es war mir nicht aufgefallen, daß er noch wach war.

»Ich meine deinen Traum. Der Mann und die Menschenmenge und das Flugzeug«, erklärte er geduldig. »Du warst neugierig und wolltest alles über mich wissen. Nun weißt du es, richtig? Es hat in der Zeitung gestanden: Donald Shimoda, der, den sie am Ende den Mechaniker-

Messias nannten, die amerikanische Offenbarung, verschwand eines Tages vor den Augen einer fünfundzwanzigtausendköpfigen Menschenmenge.«

Jawohl, ich entsann mich. Ich hatte es am Zeitungskiosk einer kleinen Stadt im Staate Ohio gelesen, und nur, weil es in Balkenlettern auf der Titelseite stand.

»Donald Shimoda?«

»Zu Ihren Diensten«, erwiderte er. »Und jetzt weißt du es und brauchst dir über mich nicht mehr den Kopf zu zerbrechen.«

Ich dachte lange darüber nach und schlief dann ein.

»Ist es denn gestattet . . . ich meine . . . daß du, der Messias, in diesem Geschäft bist? Du solltest doch die Welt erlösen, stimmt's? Ich wußte nicht, daß der Messias einfach seine Schlüssel zurückgeben und aussteigen kann.« Ich saß gerade auf der Haube der Fleet und guckte hinunter auf meinen seltsamen Kameraden. »Wirf mir doch einen Achter-Schlüssel rauf, Don.«

Er kramte in seiner Werkzeugtasche und warf den Schraubenschlüssel hoch. Es war genauso wie bei all den anderen Werkzeugen an diesem Vormittag: Er warf das Handwerkszeug herauf zu mir, es verlangsamte seinen Flug und tanzte einfach ein paar Zentimeter vor meiner Nase in der Luft, es schwebte gewichtlos, lässig im Äther. Aber im Moment, da ich das Werkzeug anfaßte, nahm es in meiner Hand Gewicht an und wurde zu einem normalen, verchromten Drehmomentschlüssel aus Vanadium-Stahl. Nun, vielleicht doch nicht zu einem ganz normalen. Seit mir nämlich ein billiger Sechzehner-Schlüssel in der Hand abbrach, habe ich mir nur die besten Werkzeuge angeschafft, die es zu kaufen gibt . . ., und dieser spezielle Schraubenschlüssel ist mit einer Knarre versehen.

Jeder Mechaniker weiß, daß das kein normaler Schraubenschlüssel ist, er könnte genauso aus purem Gold sein, so stolz ist sein Preis, aber es ist eine Wonne, mit ihm zu arbeiten. Er wird nie abbrechen, einerlei, was man mit ihm anstellt.

»Gewiß kannst du aussteigen! Du kannst alles hinwerfen, wenn du es dir anders überlegt hast. Du kannst auch aufhören zu atmen, wenn du es durchaus willst.« Er ließ einen Steckschlüssel zum Spaß in der Luft schweben. »Nun, ich bin eben als Messias ausgestiegen, und wenn es so aussieht, als wollte ich mich rechtfertigen, so liegt es vielleicht daran, daß ich mich immer noch angegriffen fühle und mich verteidigen muß. Lieber das, als weitermachen und es hassen. Ein guter Messias haßt nichts und kann auf jedem gewünschten Pfad wandeln. Jeder Mensch kann das. Sind wir nicht allesamt Kinder Gottes oder, wenn du willst, Kinder des Seins oder in gewisser Weise Wunschvorstellungen oder wie immer du es ausdrücken willst?«

Ich zog die Zylinderflanschmuttern des Kinnermotors an. Der alte B-5 ist ein zuverlässiges Triebwerk, aber diese Muttern haben die Angewohnheit, sich nach etwa hundert Flugstunden zu lockern, und es zahlt sich aus, ihnen immer um eine Nasenlänge voraus zu sein. Und richtig, die erste, an die ich den Schraubenschlüssel legte, ließ sich um eine Vierteldrehung anziehen, und ich beglückwünschte mich, sie an jenem Vormittag alle überprüft zu haben, ehe ich Fluggäste an Bord nahm.

»Gewiß, Don, du hast recht, aber mir kommt es so vor, als ob sich der Job eines Messias doch von anderen unterscheidet, oder? Es ist, als ob Jesus wieder Zimmermann würde und Nägel einhiebe. Vielleicht klingt es nur ein wenig merkwürdig.«

Er dachte über meine Worte nach, er wollte meinen Standpunkt verstehen. »Ich kann dich nicht begreifen. Schließlich ist es ja auch merkwürdig, daß er es nicht aufgab, als sie ihn das erstemal Erlöser nannten. Anstatt sich diese Warnung zu Herzen zu nehmen und zu verschwinden, versuchte er es auf logischem Wege. ›Gut, ich bin nun einmal Gottes Sohn, aber sind wir es nicht alle? Ich bin euer Erlöser, aber ihr seid es auch! Was ich vollbringe, das kann jeder.‹ Und jeder, der seine fünf Sinne beisammen hat, begreift es.«

Oben auf der Motorhaube war es zwar heiß, aber das störte mich nicht. Wenn ich etwas fertigbringen will, empfinde ich es nicht als Arbeit. Ich bin zufrieden, wenn ich weiß, daß die Zylinder sich nicht mehr selbständig machen können.

»Sag, daß du noch einen Schraubenschlüssel brauchst«, meinte er.

»Ich brauch aber keinen. Und außerdem bin ich aufgeklärt genug, um diese Zauberkunststückchen als Gesellschaftsspiele einer nur mäßig entwickelten Seele zu betrachten, lieber Shimoda. Allenfalls als die eines angehenden Hypnotiseurs.«

»Hypnotiseur ist gut! Junge, Junge, du hast's beinahe erfaßt! Lieber ein Hypnotiseur als ein Messias. Was für eine fade Aufgabe. Warum ahnte ich nicht früher, wie langweilig es sein wird.«

»Du ahntest es aber«, sagte ich und kam mir dabei sehr gescheit vor.

Er lachte nur.

»Hast du dir niemals Gedanken gemacht, Donald, daß es nicht so einfach sein würde ... ich meine, die Sache hinzuschmeißen? Und daß es dir nicht gelingen würde, wie ein normaler Mensch zu leben?«

Das Lachen war ihm vergangen. »Natürlich hast du recht«, sagte er und fuhr sich mit den Fingern durch sein schwarzes Haar. »Sobald ich länger an einem Ort verweile, sagen wir, länger als ein, zwei Tage, merken die Leute, daß mit mir etwas nicht stimmt. Man braucht nur meinen Ärmel zu berühren, und der unheilbar Krebskranke ist geheilt. Und ehe die Woche herum ist, bin ich wieder umgeben von Menschen. Dieses Flugzeug gibt mir die notwendige Bewegungsfreiheit. Keiner weiß, woher ich komme und wohin ich gehe. Das paßt mir in den Kram.«

»Du wirst es schwerer haben, als du denkst, Don.«

»Ach so?«

»Ja, denn heutzutage bewegen wir uns immer weiter weg vom Materiellen und hin zum Spirituellen . . . Gewiß, es ist langsam, aber es ist doch eine gewaltige Bewegung. Und darum glaube ich nicht, daß dich die Welt in Ruhe lassen wird.«

»Mich wollen sie ja nicht haben, sie wollen Wunder haben! Und die kann ich jemand anderem zeigen, und der soll dann der Messias sein. Natürlich werde ich ihm nicht auf die Nase binden, wie stur der Job ist. Und außerdem: *›Es gibt kein Problem, das zu groß ist, um nicht vor ihm davonzulaufen.‹*«

Ich ließ mich von der Motorhaube ins Heu gleiten und zog die Muttern am dritten und vierten Zylinder an. Nicht alle waren locker, aber einige waren es doch. »Du zitierst Snoopy, den Hund, nicht wahr?«

»Ich zitiere die Wahrheit, wo immer ich ihr begegne, danke schön.«

»Du kannst aber nicht davonlaufen, Don. Was wäre, wenn ich auf der Stelle vor dir auf die Knie fiele? Was wäre, wenn ich es zum Beispiel satt hätte, an meiner Maschine herumzureparieren, und dich bäte, sie zu heilen? Bitte, du bekommst jeden Cent, den ich von nun an bis zum Sonnenuntergang verdiene, wenn du mir beibringst, wie man in der Luft schwebt. Tust du es nicht, weiß ich, daß ich zu dir beten muß: O Heiland, der Du gesandt wurdest, um meine schwere Last zu tragen!«

Er lächelte nur. Noch heute glaube ich, daß er es nicht begriffen hatte: Er konnte nicht weglaufen. Wie konnte ich das wissen, wenn er es nicht tat?

»Hast du alles gehabt, ich meine, wie man es in den Filmen von Indien sieht? Die Straßen brodelnd von Menschen, Millionen Hände, die nach dir greifen, Blumen und Weihrauch, goldene Plattformen mit silbergewirkten Behängen, auf denen du standest, wenn du sprachst?«

»Nein. Schon bevor ich mich um den Job bewarb, wußte ich, daß das nichts für mich war. Darum suchte ich mir die Vereinigten Staaten aus. Und dort gab es nur die Menschenmengen.«

Die Erinnerung tat ihm sichtbar weh, und mir tat es leid, die Sache zur Sprache gebracht zu haben. Er saß noch immer im Heu, sprach weiter, als sei ich nicht da.

»Ich wollte sagen, um Gottes willen, wenn ihr euch so nach Freiheit und Lebensfreude sehnt, erkennt ihr nicht, daß ihr sie nur in euch selber finden werdet? Ihr braucht nur zu sagen, ihr habt sie, und ihr habt sie! Richard, ich frage dich, was ist so verdammt schwierig daran? Aber sie haben nicht auf mich gehört, die meisten. Wunder – das ist wie zum Autorennen zu gehen der Unfälle wegen. Zuerst ist es nur frustrierend, danach wird es langweilig. Ich weiß wirklich nicht, wie es die anderen Erlöser ertragen haben.«

»Wenn du es so formulierst«, sagte ich, »dann büßt es etwas von seinem Zauber ein.« Ich zog die letzte Mutter an und packte das Werkzeug weg. »Wohin geht es heute?«

Er stand auf und ging hinüber zu meinem Cockpit, und anstatt die toten Insekten von meiner Windschutzscheibe zu wischen, fuhr er leicht mit der Hand darüber, und die zerschmetterten kleinen Kreaturen wurden wieder lebendig und flogen davon. Seine eigene Windschutzscheibe brauchte niemals gereinigt zu werden, versteht sich, und jetzt war mir auch klar, warum sein Motor keiner Wartung bedurfte.

»Ich weiß nicht«, antwortete er. »Ich weiß nicht, wohin es heute geht.«

»Was heißt das? Du kennst die Vergangenheit und kannst die Zukunft voraussagen. Du weißt genau, wo es hingeht.«

Er seufzte. »Sicher, aber ich versuche, nicht daran zu denken.«

Während ich mit den Zylindern hantierte, hatte ich mir überlegt, daß es eine gute Sache wäre, wenn ich mit diesem Typ zusammenbliebe. Dann gäbe es keine Probleme, nichts könnte schiefgehen, alles würde klappen. Aber der Ton, in dem er sagte, »aber ich versuche, nicht daran zu denken«, erinnerte mich an das, was anderen Erlösern zugestoßen war, die man auf diese Welt geschickt hatte. Mein gesunder Menschenverstand schrie mir ganz unmißverständlich ins Ohr, mich nach dem Abflug südlich zu halten und von dem Mann so weit wie möglich wegzufliegen. Aber ich sagte es ja schon, man ist einsam in diesem Gewerbe, und ich war froh, ihm begegnet zu sein; jemanden gefunden zu haben, mit dem man sich unterhalten konnte und der den Unterschied zwischen einem Querruder und einem Seitenruder kannte.

Ich hätte nach Süden fliegen sollen, aber nach dem Start blieb ich doch an seiner Seite, und wir flogen nach Norden und dann nach Osten, in jene Zukunft hinein, an die er lieber nicht hatte denken wollen.

»Wo hast du all das gelernt, Don? Du weißt soviel, oder vielleicht kommt es mir nur so vor. Nein, du weißt wirklich sehr viel. Ist es nur Übung? Gibt es nicht irgendeine formelle Ausbildung, um ein Meister zu werden?«

»Man bekommt ein Buch in die Hand gedrückt.«

Ich hängte gerade einen frischgewaschenen Seidenschal an die Spanndrähte. Ich starrte ihn an. »Ein Buch?«

»*Leitfaden für Erlöser.* Eine Art Bibel für Meister. Wenn's dich interessiert, ich habe irgendwo ein Exemplar herumliegen.«

»Aber ja doch! Ja! Heißt das, es gibt einen regulären Leitfaden, wo einem erklärt wird, wie ...?«

Er kramte eine Weile in dem Gepäckraum hinter der Kopfstütze der Travel Air und holte schließlich ein kleines, offenbar in Wildleder gebundenes Buch heraus.

Lehrbuch für den Messias

stand da in schwarzen Lettern.

Hinweise für die fortgeschrittene Seele.

»Was meinst du mit *Leitfaden für Erlöser?* Hier steht *Lehrbuch für den Messias.*«

»Na ja, so ähnlich.« Er sammelte die um seine Maschine herumliegenden Sachen ein, als wollte er mir bedeuten, daß wir nun weitermüßten. Ich blätterte in dem Buch, einer Sammlung von Maximen und kurzen Absätzen.

Perspektive –
Gebrauche sie oder verliere sie –
Blätterst du diese Seite auf,
vergißt du, daß das, was um dich

herum geschieht, nicht Wirklichkeit
ist.
Bedenke es.
Vergiß nicht, woher du gekommen bist,
wohin du gehst, und warum das Durcheinander,
in das du geraten bist, von dir selbst
geschaffen wurde.
Vergiß nicht, daß du eines entsetz-
lichen Todes sterben mußt.
Es ist alles eine gute Übung, und du
wirst es um so mehr genießen, je klarer
du die Tatsachen im Kopf behältst.

Nimm deinen Tod aber doch ernst. Ein
Lachen auf dem Weg zu deiner Hinrich-
tung wird von den weniger fortgeschrit-
tenen Lebensformen meist nicht ver-
standen, und man wird dich für ver-
rückt halten.

»Hast du das gelesen, Don, über den Verlust der eigenen Perspektive?«

»Nein.«

»Dort steht, du würdest eines entsetzlichen Todes sterben.«

»Nicht unbedingt. Das hängt von den Umständen ab und wie man es sich arrangiert.«

»Wirst du eines entsetzlichen Todes sterben?«

»Weiß nicht. Meinst du nicht, daß es unwichtig geworden ist, jetzt, wo ich doch ausgestiegen bin? Eine stille kleine Himmelfahrt sollte genügen. Ich werde mich in ein paar Wochen entscheiden, wenn ich das getan habe, weshalb ich gekommen bin.«

Ich dachte, er wollte mich hochnehmen, er tat das ja manchmal, und ich wußte damals noch nicht, daß er es mit den paar Wochen ernst meinte.

Ich vertiefte mich in das Buch. Es war ein Ratgeber für einen Meister, darüber gab es keinen Zweifel.

Lernen
ist herausfinden, was du bereits weißt.
Handeln ist zeigen, daß du es weißt.

Lehren
ist andere wissen lassen, daß sie es
genauso gut wissen
wie du selbst.

Ihr alle seid Lernende,
Handelnde, Lehrer.
Deine einzige Verpflichtung
im Leben ist, dir selbst treu
zu bleiben.
Einem anderen Menschen oder einer
anderen Sache treu zu bleiben,
das ist nicht nur unmöglich,
es ist das Zeichen eines falschen Messias.

Die einfachsten Fragen sind die tiefsinnigsten.
Wo bist du geboren? Wo ist deine Heimat?
Wohin gehst du?
Was tust du?
Denke manchmal darüber nach, und
du wirst sehen, wie sich deine
Antworten verändern.

Du lehrst am besten, was du selbst am
dringendsten lernen mußt.

»Du bist ja so still, Richard«, sagte Shimoda, als wollte er sich mit mir unterhalten.

»Hmm«, sagte ich und las weiter. Wenn das ein Buch für Meister war, wollte ich es nicht aus der Hand geben.

Lebe so, daß du dich niemals schämst,
wenn etwas, was du tust oder sagst,
in der ganzen Welt verbreitet wird –
auch dann nicht, wenn es nicht wahr ist.
Deine Freunde werden dich beim ersten Zu-
sammentreffen besser kennen als deine
Bekannten in tausend Jahren.
Die wirksamste Art, sich seinen Ver-
pflichtungen zu entziehen, ist zu
sagen: »Ich habe Verantwortung.«

Dann erst fiel mir etwas Merkwürdiges auf. »Die Seiten sind ja nicht numeriert, Don.«

»Nein«, antwortete er. »Du schlägst es einfach auf, und was du am meisten brauchst, wirst du finden.«

»Ein Zauberbuch!«

»Nein. Mit jedem Buch läßt es sich machen, mit einer alten Zeitung, vorausgesetzt, man liest sie sorgfältig durch. Hast du denn das nicht schon einmal gemacht, ich meine, im Geiste ein Problem gewälzt und dann irgendein Buch, das gerade zur Hand war, aufgeschlagen und nachgesehen, was es dir zu sagen hatte?«

»Nein.«

»Nun, versuch's gelegentlich.«

Ich versuchte es. Ich schloß die Augen und dachte darüber nach, was mit mir passieren würde, wenn ich noch länger mit diesem merkwürdigen Menschen zusammenbliebe. Es machte Spaß, mit ihm zusammenzusein, aber der Gedanke verfolgte mich, daß bald etwas, das durchaus kein Spaß war, mit ihm passieren würde – und dann wollte ich nicht dabeisein. Dies waren meine Gedanken. Ich schlug das Buch auf – meine Augen waren noch immer geschlossen – und las.

Du wirst zeit deines Lebens
von dem inneren, lernenden Wesen gelenkt,
von dem verspielten geistigen Geschöpf,
das dein wahres Selbst ist.
Wende dich nicht ab von möglichen
Ereignissen in der Zukunft,
ehe du sicher bist, daß du
nichts aus ihnen zu lernen hast.
Du kannst es dir jederzeit anders überlegen,
dir eine andere Zukunft aussuchen
oder eine andere Vergangenheit.

Sich eine andere Vergangenheit aussuchen? Buchstäblich oder bildlich, oder wie war das gemeint . . .?

»Ich glaube, ich kann das nicht auf einmal verdauen, Don. Es ist zu schwer.«

»Praxis. Ein bißchen Theorie und sehr viel Praxis«, sagte er. »Dafür genügen etwa anderthalb Wochen.«

»Anderthalb Wochen?«

»Richtig. Glaube nur, daß du auf alles eine Antwort hast, und du hast auf alles eine Antwort. Glaube, daß du ein Meister bist, und du bist ein Meister.«

»Ich habe niemals behauptet, daß ich ein Meister sein will.«

»Das stimmt«, entgegnete er. »Das hast du nicht.«

Ich behielt den Leitfaden, und er hat ihn niemals von mir zurückverlangt.

5. Kapitel

Die Farmer im Mittelwesten Amerikas brauchen gutes Land, damit ihre Arbeit gedeiht. Genauso geht es zigeunernden Fliegern. Sie müssen nahe bei ihrer Kundschaft bleiben, müssen sich Felder suchen, die am Stadtrand liegen, Landeplätze auf einer Wiese oder im Heu oder im Hafer oder auf einem Weizenstoppelfeld. Es dürfen keine Kühe in der Nähe sein, die die Stoffbespannung der Maschinen abfressen können. Der Landeplatz muß neben einem Fahrweg liegen, es muß ein Tor in der Umzäunung sein für die Fluggäste, das Feld muß so ausgerichtet sein, daß ein Flugzeug nicht zu niedrig über ein Haus fliegen muß, es darf nicht holprig sein, damit die Maschinen nicht auseinanderfallen, wenn sie mit fünfundsiebzig Stundenkilometern über den Boden rumpeln, das Rollfeld muß lang genug sein, damit man an einem heißen, ruhigen Sommertag gefahrlos landen und starten kann, der Besitzer des Feldes muß einverstanden sein, daß es einen Tag lang als Flugplatz benutzt wird.

Alles das ging mir durch den Kopf, als wir am Samstag in nördlicher Richtung weiterflogen, der Messias und ich. Das Grün und Gold der Erde glitt gute dreihundert Meter unter uns sanft vorbei. Donald Shimodas Travel Air schwebte geräuschvoll rechts von mir und warf das Sonnenlicht von seiner spiegelglatten Farbschicht in alle Himmelsrichtungen. Wahrhaftig ein Bild von einer Maschine, aber zu groß für schwieriges Gelände. Gewiß, sie hat Platz für zwei Passagiere, aber ihr Gewicht ist doppelt so groß wie das einer Fleet, und sie braucht deshalb eine viel längere Start-und-Lande-Bahn. Ich hatte selbst einmal eine Travel Air gehabt, aber ich habe sie dann gegen eine Fleet eingetauscht. Die Fleet kann auf einem handtuchgroßen Feld landen, auf Feldern, wie man sie am Stadtrand findet. Mit der Fleet konnte ich bequem auf einem knapp zweihundert Quadratmeter großen Feld niedergehen, aber die Travel Air brauchte den doppelten, ja dreifachen Platz. Wenn du dich an diesen Menschen bindest, dachte ich, bindest du dich auch an die Grenzen seiner Maschine.

Und siehe da, im gleichen Augenblick erspähte ich eine kleine, saubere Kuhweide am Rande der Stadt, die wir gerade überflogen. Es war ein ganz normales, etwa vierhundert Meter langes, in der Mitte geteiltes Feld, von dem die eine Hälfte als Baseballfeld an die Stadt verkauft worden war.

Ich wußte, daß Shimodas Maschine dort nicht landen konnte, und riß meine kleine Maschine über die linke Tragfläche himmelwärts, nahm das Gas auf Leerlauf zurück und sank darauf mit einem Riesenslip wie ein Geldschrank auf den Baseballplatz zu. Ich und meine Maschine landeten gleich neben der Umzäunung des linken Außenfeldes und hatten noch genügend Platz übrig, als wir zum Halten kamen. Ich wollte eigentlich nur ein wenig angeben und ihm zeigen, was eine Fleet kann, wenn man sie zu fliegen weiß.

Kurzes Gasgeben ließ mich wieder in die Startposition herumschwenken; aber als ich gerade starten wollte, da hing dort plötzlich die Travel Air im Endanflug. Den Schwanz nach unten und die rechte Tragfläche nach oben gehalten, sah sie wie ein herrlicher, gewaltiger Kondor aus, der probiert, auf einem Reisigbesen zu landen.

Er flog so niedrig und langsam, daß sich mir das Nakkenhaar sträubte, denn jeden Moment mußte er bruchlanden, das war klar. Eine Travel Air muß man mit mindestens neunzig Stundenkilometern über den Zaun bringen, um landen zu können. Fliegt man langsamer mit einer Maschine, die schon bei fünfundsiebzig Stundenkilometern überzieht, gibt es unweigerlich einen großen Trümmerhaufen. Aber was ich sah, war, daß dieser goldene und schneeweiße Doppeldecker mitten in der Luft stehenblieb. Nun ja, vielleicht nicht stehenblieb, aber doch kaum über fünfzig flog. Ein Flugzeug, das mit fünfundsiebzig normalerweise abschmiert und dann so ohne weiteres einfach in der Luft stehenbleibt und sich dann wie hingehaucht in einer Dreipunktlandung im Gras niederläßt! Bei diesem Manöver brauchte er die Hälfte, höchstenfalls drei Viertel der Strecke, die ich für meine Fleet als Rollfeld benutzt hatte.

Ich blieb in meinem Cockpit sitzen und starrte ihn an, als er neben mich rollte und den Motor abschaltete.

Dann stellte ich auch meinen Motor ab und sah ihn immer noch ganz verblüfft an. Er rief mir zu: »Da hast du dir ein schönes Feld ausgesucht! Nahe genug am Stadtrand, was?«

Unsere ersten Kunden, zwei junge Motorradfahrer auf einer Honda, waren neugierig geworden und bogen gerade um die Ecke.

»Wie meinst du das: nahe genug am Stadtrand?« brüllte ich, den Motorenlärm noch in den Ohren.

»Weil wir nur einen halben Block entfernt sind, deshalb.«

»Nein, das meine ich nicht! WAS WAR DAS FÜR EINE LANDUNG? Mit der Travel Air! Wie hast du es fertiggebracht?«

Er zwinkerte mir zu. »Zauberei!«

»Aber Don ... wirklich! Ich hab's doch gesehen, wie

du gelandet bist!« Er merkte, daß er mir einen Schrecken eingejagt hatte.

»Richard, willst du wirklich die Antwort darauf haben, wie Schraubenschlüssel in der Luft schweben können, wie man alle Krankheiten heilt, Wasser in Wein verwandelt, auf dem Wasser gehen kann und wie man mit einer Travel Air auf einem handtuchgroßen Feld landet? Willst du wissen, was die Antwort auf all diese Wunder ist?«

Es fühlte sich an, als hätte er einen Laserstrahl auf mich gerichtet.

»Ich will wissen, wie du hier gelandet bist . . .«

»Hör mir zu!« rief er über den Abgrund zwischen uns beiden. »Diese Welt? Und alles in ihr? *Illusionen,* Richard! Nichts als *Illusionen! Begreifst du das?*« Diesmal gab es kein Augenzwinkern, kein Lächeln, als wäre er auf einmal wütend geworden, weil ich das nicht längst erkannt hatte.

Das Motorrad hielt beim Heck seiner Maschine: Die beiden jungen Männer wollten bestimmt fliegen.

»Klar«, war alles, was mir als Antwort einfiel. »Kaufe das mit den Illusionen.« Dann bestürmten sie ihn, weil sie einen Rundflug machen wollten, und ich mußte schnell den Eigentümer des Ackers ausfindig machen und seine Erlaubnis einholen, die Kuhweide als Flugplatz zu benutzen, ehe er uns fand.

Es gibt nur eine Art und Weise, die Starts und Landungen der Travel Air zu beschreiben: Es sah wie eine falsche Travel Air aus, als wäre sie in Wirklichkeit eine Cessna E-2-Cub oder ein Hubschrauber, als Travel Air verkleidet. Es war seltsam, aber ich akzeptierte einen gewichtlos in der Luft schwebenden Achter-Schlüssel eher als diese Maschine, die mit fünfzig Stundenkilometern und Fluggästen an Bord abhob. Es ist *ein* Ding, Schwerelosigkeit für möglich zu halten, wenn man Zeuge ist; ein anderes aber ist es, ohne Vorbehalt an Wunder zu glauben.

Immer wieder dachte ich darüber nach, was er so leidenschaftlich gesagt hatte. Illusionen. Das klang bekannt ... Ja doch, als ich ein Kind war und mir Zauberkunststücke vorführen ließ! *Zauberkünstler!* Sie sagen es, sie erklären ihren Zuschauern vorher sorgfältig: »Seht doch, wir werden euch keine Wunder vorführen; es ist keine echte Magie, es ist nur ein Effekt, eine Illusion der Magie.« Und dann ziehen sie einen Kerzenleuchter aus einer Walnuß und verwandeln einen Elefanten in einen Tennisschläger.

Einer plötzlichen Eingebung folgend, zog ich den *Leitfaden für Erlöser* aus meiner Tasche und schlug ihn auf. Auf der Seite standen nur zwei Sätze:

> *Es gibt kein Problem, das nicht auch ein Geschenk für dich in den Händen trüge.*
> *Du suchst Probleme, weil du ihre Geschenke brauchst.*

Weshalb, weiß ich nicht genau, aber meine Verwirrung ließ nach, als ich das las. Ich las es immer wieder, bis ich es auswendig wußte.

Die Stadt hieß Troy, und die Weide war so günstig gelegen wie das Heufeld in Ferris. Aber in Ferris hatte ich eine innere Ruhe verspürt: Hier lag eine Spannung in der Luft, was mir nicht gefiel.

Fliegen, das war ein einmaliges Erlebnis für unsere Passagiere; für mich war es längst Routine geworden, es war längst kein Abenteuer mehr, es war überschattet von dieser quälenden Unruhe. Mein Abenteuer und Erlebnis waren dieser Mensch, der mit mir flog, war seine unmögliche Flugtechnik, waren seine seltsamen Erklärungen.

Die Einwohner der Stadt Troy waren nicht überraschter wegen des wunderbaren Fluges der Travel Air, als ich es gewesen wäre, hätte mittags plötzlich eine Glocke geläutet, die sechzig Jahre lang verstummt gewesen war . . . Sie wußten halt nicht, daß das, was hier geschah, eigentlich gar nicht geschehen konnte.

»Danke sehr für den Rundflug«, sagten sie nachher. Und: »Ist das alles, was ihr beide tut? Arbeitet ihr nicht irgendwo?« Und: »Weshalb sucht ihr euch ein so gottverlassenes Nest wie Troy aus?« Und: »Jerry, deine Farm ist nicht größer als ein Schuhkarton!«

Am Nachmittag hatten wir viel zu tun. Eine Menge Leute wollten geflogen werden, wir würden gut verdienen. Trotzdem warnte mich eine innere Stimme: Bleib nicht hier, flieg weg, weit weg von diesem Ort. Ich habe sie schon mehrmals mißachtet, diese innere Stimme, und jedesmal hab ich es bereut.

Gegen drei Uhr nachmittags ging mir der Treibstoff aus, und ich mußte mir zweimal zwei Zwanzig-Liter-Kanister voll Benzin von der Tankstelle holen, als es mir dämmerte, daß ich die Travel Air kein einziges Mal hatte auftanken sehen. Shimoda hatte schon vor Ferris kein Benzin mehr nachgefüllt. Er flog sieben, acht Stunden ununterbrochen, ohne einen einzigen Tropfen Benzin oder Öl nachzufüllen.

Obwohl ich mir bewußt war, daß er mir niemals ein Leid zufügen würde, bekam ich es wieder mit der Angst zu tun. Man kann noch so sparsam fliegen, man kann die Drehzahl des Motors verringern und das Gemisch ganz mager halten, aber auf einer Travel Air kann sich niemand länger als fünf Stunden in der Luft halten, ohne aufzutanken, und schon gar nicht acht Stunden bei ständigem Starten und Landen.

Aber er flog weiter, Rundflug um Rundflug, während ich mein Normalbenzin in meinen Mittelflügeltank füllte und meinem Motor einen Liter Öl gab. Inzwischen standen die Leute Schlange ... Es schien, als wollte er sie nicht enttäuschen.

Aber ich konnte ihn stellen, als er gerade einem Ehepaar in den vorderen Teil des Cockpits half. Ich gab mir Mühe, daß es ganz beiläufig klang.

»Don«, sagte ich, »wie steht's um deinen Treibstoff?« Ich stellte mich neben die Flügelspitze, den leeren Kanister in der Hand.

Er sah mich an und kräuselte verwundert die Stirn, als hätte ich ihn gefragt, ob er Luft zum Atmen brauchte.

»Ich brauche keinen«, entgegnete er, und ich kam mir vor wie der Klassenletzte auf der Klippschule. »Nein, Richard, ich brauche kein Benzin.«

Das ärgerte mich, denn ich verstehe etwas von Flugzeugmotoren und Treibstoffen. »Na gut«, witzelte ich, »wie wär's mit etwas Uran?« Er lachte, und ich verzieh ihm sofort. »Nein, danke. Ich habe voriges Jahr vollgetankt.« Und dann saß er schon in seinem Cockpit und war weg mit seinen Passagieren mit diesem übernatürlichen Zeitlupenstart.

Zuerst wünschte ich, die Leute würden endlich nach Hause gehen, dann aber wünschte ich, daß wir uns, gleichgültig, wie viele noch fliegen wollten, so bald wie möglich aus dem Staube machten, dann wünschte ich, ich hätte genug Verstand, ohne ihn abzuhauen, und zwar sofort. Ich wollte nichts wie weg und ein großes, leeres Feld finden, weitab von jeder menschlichen Siedlung, und darauf landen und alles in mein Tagebuch schreiben und versuchen, mir einen Vers darauf zu machen.

Aber ich flog nicht weg, ich blieb sitzen, bis Shimoda wieder gelandet war. Dann ging ich hinüber zu ihm und stellte mich in den Propellerwind seines großen Motors.

»Mir langt's, Don. Ich hau ab, ich will auf einer einsamen Wiese landen, weg von den Menschen, und mich ausruhen. Es war mir ein Vergnügen, mit dir zu fliegen. Hoffentlich sehen wir uns eines Tages wieder.«

Er zuckte nicht mit der Wimper. »Ich mache noch einen Rundflug, dann komme ich mit. Der Mann dort hat schon lange gewartet.«

»Einverstanden.«

Der Mann wartete in einem klapprigen Rollstuhl, den er etwa hundert Meter zu dem Feld gerollt hatte. Er war wie jemand, den ein schwerer Hammer breitgehauen und in den Sitz gezwängt hatte, aber er war gekommen, weil er fliegen wollte. Es waren etwa fünfzig andere Leute da, die herumstanden oder ihre Autos verlassen hatten. Sie wollten erleben, wie Don es bewerkstelligen würde, den Mann aus dem Rollstuhl in seine Maschine zu bugsieren.

Er dachte aber überhaupt nicht daran. »Sie wollen fliegen?« Der Mann im Rollstuhl lächelte schief und nickte seitwärts.

»Kommen Sie, versuchen wir's!« sagte Don mit leiser Stimme, als spräche er zu jemandem, der eine lange Zeit als Ersatzspieler gewartet hatte und nun wieder mitmachen sollte. Wenn ich an die Episode zurückdenke, erinnere ich mich an die Intensität, mit der er sprach. Freilich klangen die Worte ganz beiläufig, aber trotzdem lag gleichzeitig ein Befehl in ihnen, als sollte der Mann widerspruchslos aufstehen und einsteigen. Was nun geschah, war wie eine Szene aus einem Film, in dem der

Mann nur die Rolle eines Invaliden spielte. Was ihn niedergeschmettert hatte, war überwunden, ja verschwunden, als hätte es nie existiert. Er stieß sich vom Rollstuhl ab und rannte, selber erstaunt, auf die Travel Air zu.

Ich stand dicht daneben und konnte hören, was er sagte. »Was haben Sie getan?« fragte er. *»Was haben Sie mit mir gemacht?«*

»Wollen Sie nun fliegen, oder wollen Sie nicht fliegen?« sagte Don. »Es kostet drei Dollar, zahlbar im voraus, wenn ich bitten darf.«

»Ich fliege!« rief er.

Shimoda unterließ es, ihm in den Sitz zu helfen, wie er es sonst zu tun pflegte.

Die Leute, die noch in ihren Autos saßen, rannten heraus. Ein Gemurmel erhob sich, dann kam eine erstaunte Stille. Der Mann hatte keinen Schritt mehr gehen können, seit er elf Jahre zuvor mit seinem Lastwagen von einer Brücke gestürzt war.

Wie ein Kind, das sich Flügel aus Bettlaken gemacht hat, sprang er in das Cockpit und ließ sich in den Sitz gleiten. Dabei ruderte er mit den Armen in der Luft, als wären sie ihm gerade gegeben worden.

Ehe noch jemand irgend etwas sagen konnte, gab Don Gas, rollte an und hob ab. Er flog ein paar enge Kurven um die Baumkronen und zog steil hoch.

Kann ein Augenblick gleichzeitig begeisternd und furchterregend sein? Es sollten noch viele solcher Augenblicke folgen. Auf der einen Seite war Erstaunen angesichts der wundersamen Heilung eines Mannes, der sie dringend brauchte, andererseits würde es Unannehmlichkeiten geben, wenn die beiden wieder landeten. Ein dichtes Knäuel von Menschen wartete, und ein dichtes Knäuel von Menschen ist ein Mob, und das ist gar nicht gut.

Minuten verstrichen, Augenpaare bohrten sich in den kleinen Doppeldecker, der da so sorglos in der Sonne herumflog. Etwas Gewalttätiges braute sich zusammen.

Die Travel Air beschrieb ein paar steile Kehrschleifen, danach eine enge Spirale und schwebte dann über den Zaun wie eine bedächtige, lärmende fliegende Untertasse zur Landung. Wenn er vernünftig gewesen wäre, hätte er seinen Fluggast am äußersten Ende des Feldes aussteigen lassen und wäre sofort wieder abgeflogen und verschwunden. Immer mehr Menschen waren gekommen und ein zweiter Rollstuhl, den eine Frau eilig vor sich herschob.

Don rollte auf die Menschenmenge zu, wendete, damit die Propellerblätter in die andere Richtung zeigten, und stellte den Motor ab. Die Leute rannten auf das Cockpit zu, und einen Moment sah es so aus, als wollten sie die Bespannung vom Rumpf reißen, um an die beiden heranzukommen.

War es feige von mir? Ich weiß nicht. Jedenfalls lief ich zu meiner Maschine, pumpte Sprit in den Vergaser und warf mit dem Propeller den Motor an. Dann stieg ich ein, drehte die Fleet in den Wind und hob ab. Als letztes sah ich, wie Donald Shimoda auf der Kante des Cockpits saß. Der Mob hatte ihn umzingelt.

Ich nahm Kurs nach Osten, dann Südosten, und auf dem ersten Feld, das groß genug war und wo es schattenspendende Bäume und einen Bach gab mit Trinkwasser für mich, landete ich für die Nacht. Es lag weitab von jeglichen Ortschaften.

Bis heute vermag ich nicht zu beschreiben, was über mich gekommen war. Es war einfach diese Weltuntergangsstimmung, und sie trieb mich weg, fort von jenem seltsamen Mann, der sich Donald Shimoda nannte. Wenn ich beim Ende der Welt zugegen sein soll, wird selbst der leibhaftige Messias nicht stark genug sein, um mich festzuhalten.

Auf der Wiese war es friedlich, eine endlose, zum Himmel offene Weide ... Das einzige Geräusch war das Plätschern des Baches, und auch das war kaum zu hören. Ich war wieder allein. Einsamkeit ist Gewohnheitssache, und wenn man sie auch nur einen einzigen Tag unterbricht, muß man sich wieder von neuem daran gewöhnen.

»Fein«, sprach ich die Wiese an, »es hat Spaß gemacht, und vielleicht konnte mir der Mann allerlei beibringen. Aber Menschenansammlungen, auch glückliche, sind nicht mein Fall. Bekommen sie Angst, werden sie entweder jemanden kreuzigen oder vor ihm auf die Knie fallen. Tut mir leid, aber das ist mir zuviel.«

Kaum waren die Worte heraus, als mir klar wurde, daß es genausogut seine hätten sein können. Weshalb ist er dort geblieben? Ich war rechtzeitig verschwunden, und dabei war ich doch überhaupt kein Messias.

Illusionen. Was hatte er damit gemeint? Das war mir wichtiger als irgend etwas, was er sonst gesagt oder getan hatte – erregt hatte er es hervorgestoßen: *»Nichts weiter als Illusionen!«,* als könnte er den Gedanken mit bloßer Gewalt in mein Gehirn treiben. Es war ein Problem, okay, und ich brauchte seine Geschenke, aber ich wußte dennoch nicht, was es bedeutete.

Ein wenig später machte ich ein Feuer und kochte mir ein Gulasch aus Resten von Soja-Fleischersatz, Nudeln und drei Tage alten Würstchen, die eigentlich vorher hätten abgebrüht werden sollen. Die Werkzeugtasche hatte ich neben die Proviantkiste geklemmt, und ohne besonderen Grund holte ich den Achter-Schlüssel heraus, betrachtete ihn, wischte ihn dann ab und rührte damit das Gulasch um.

Ich war allein, niemand konnte mich beobachten, und zum Spaß probierte ich, den Schraubenschlüssel, genauso wie er es getan hatte, schweben zu lassen. Warf ich ihn senkrecht in die Luft und zwinkerte mit den Augen, wenn der höchste Punkt erreicht war und er wieder herunterzufallen drohte, so hatte ich den momentanen Eindruck, als schwebte er tatsächlich. Aber dann plumpste er herab und fiel ins Gras oder auf mein Knie, und der Eindruck war rasch vernichtet. Aber es war doch derselbe Schraubenschlüssel gewesen . . ., wie hatte er es bloß fertiggebracht?

Wenn all das Illusion ist, Mister Shimoda, was ist dann wirklich? Und wenn dieses unser Leben nur Illusion ist, weshalb leben wir dann überhaupt? Am Ende ließ ich es sein, warf den Schlüssel noch ein paarmal in die Luft und gab's auf. Und im selben Augenblick war ich froh, war glücklich, daß ich war, wo ich war, daß ich erkannt hatte, was ich erkannt hatte, obwohl es keineswegs die Antwort auf das Wesen unserer Existenz oder nur das von ein paar Illusionen war.

Wenn ich allein bin, singe ich manchmal. *»Oh, ich und meine alte Schecke«,* sang ich und klopfte auf den Flügel der Fleet und streichelte die Maschine, weil ich sie so liebte (und auch, weil keiner dabei war, der mich hören konnte). *»Wir zwei durchstreifen den Himmel ... wir galoppieren über die Wiesen, bis einer von uns beiden müde ist ...«*

Melodie und Text werden improvisiert, während ich weitersinge. *»Und ich werde nicht müde, Schecke ... Es sei denn, du brichst dir einen* SPANT *... und dann werde ich dich einfach mit* BINDEDRAHT *zusammenflicken ... und wir werden weiterfliegen ...* WIR WERDEN WEITERFLIEGEN *...«*

Endlose Strophen, wenn ich erst einmal angefangen habe und glücklich bin. Der Reim ist dabei nicht so wichtig. Ich hatte aufgehört, mir wegen des Messias den Kopf zu zerbrechen. Ich konnte sowieso nicht ergründen, wer er war oder was er meinte. Deshalb hatte ich den Versuch aufgegeben. Ich vermute, daß mich das glücklich machte.

Lange nach zehn Uhr erstarb das Feuer und mit ihm auch mein Lied.

»Wo immer du sein magst, Donald Shimoda«, sagte ich, während ich meine Decke unter der Tragfläche ausbreitete, »ich wünsche dir einen guten Flug und *keine* Menschenmengen – wenn es das ist, was du suchst. Nein, ich nehme das zurück: Ich wünsche dir, lieber einsamer Messias, daß du findest, was du suchst.«

Als ich mein Hemd auszog, fiel der Leitfaden aus der Brusttasche. Ich las, was auf der aufgeschlagenen Seite stand:

Die Bande, die deine wahre Familie
vereinen, sind nicht aus Blut, sondern
aus Freude am eigenen
und Achtung vor anderem Leben.
Nur selten wachsen die Mitglieder
einer Familie unter dem gleichen Dach auf.

Ich verstand nicht, wie sich das auf mich beziehen konnte, und beschloß, niemals ein Buch an die Stelle meiner eigenen Gedanken treten zu lassen. Ich kuschelte mich in die Wolldecke und war sofort eingeschlafen wie eine Glühbirne, die abgeschaltet wird – warm und traumlos unter dem Himmel, unter vielen tausend Sternen, die vielleicht Illusionen waren, gewiß, aber bestimmt sehr schöne.

Als ich wieder zum Bewußtsein kam, ging gerade die Sonne auf: rosafarbenes Licht, goldene Schatten. Das hatte mich aber nicht geweckt. Irgend etwas hatte ganz sachte meinen Kopf berührt. Zuerst glaubte ich, es sei ein im Wind treibender Strohhalm. Dann aber wußte ich genau, daß es ein Insekt war, hieb wild danach und brach mir fast die Hand . . . Ein Schraubenschlüssel ist ein hartes Stück Eisen, wenn man es wegschlagen will . . . Und ich erwachte ziemlich plötzlich. Der Schraubenschlüssel prallte am Querruderscharnier ab, grub sich einen Augenblick ins Gras und schwebte wieder majestätisch in der Luft. Auf einmal hellwach geworden, sah ich, wie er sich behutsam wieder auf die Erde gleiten ließ und still lag. Bis ich mich endlich bequemte, den Schraubenschlüssel aufzuheben, war er längst wieder das altvertraute, geliebte Werkzeug, genauso schwer wie früher, genauso erpicht, diese vertrackten Schrauben und Muttern anzuziehen.

»Was zum Teufel!«

Eigentlich fluchte ich nie – ein Überbleibsel aus meiner Kindheit. Aber ich war echt verunsichert, mehr ließ sich dazu nicht sagen. Was geschah mit meinem Sechskantschlüssel? Donald Shimoda war gute neunzig Kilometer weg von hier. Ich nahm also das Ding hoch, sah es mir genau an, wog es in der Hand und kam mir vor wie ein

Urzeitaffe, der nicht begreift, wie sich ein Rad vor seinen Augen drehen kann. Es mußte dafür einen simplen Grund geben ...

Aber nach einer Weile gab ich es verärgert auf und packte den Schlüssel mißmutig wieder in meine Werkzeugtasche. Dann machte ich mir ein Feuer für mein Maisbrotfrühstück. Ich hatte keine Eile, konnte, wenn mir danach war, den ganzen Tag bleiben.

Der Brotteig war in der Pfanne gut aufgegangen, und es war gerade Zeit, ihn zu wenden, als ich am westlichen Himmel ein Geräusch vernahm.

Shimodas Maschine war es bestimmt nicht, es war ja unmöglich, daß er mich ausgerechnet auf dieser verlassenen Wiese hätte aufspüren können. Trotzdem wußte ich, daß er und nur er es sein konnte, und ich fing an zu pfeifen. Mit dem einen Auge beobachtete ich das Maisbrot, mit dem anderen den Himmel und versuchte, mir etwas ganz Alltägliches für die Begrüßung nach der Landung einfallen zu lassen.

Es war tatsächlich die Travel Air, die im Tiefflug über die Fleet brauste, in einer spektakulären Steilkurve hochzog und dann herunterslipte, um schließlich mit neunzig Stundenkilometern aufzusetzen - der Geschwindigkeit, mit der eine Travel Air landen sollte. Er rollte heran und stellte den Motor ab. Ich blieb stumm. Winkte, aber sagte kein Wort. Dann hörte ich auf zu pfeifen.

Er stieg aus dem Cockpit und kam zum Feuer herüber.

»Hallo, Richard.«

»Du hast dich verspätet«, erwiderte ich. »Beinahe wäre das Maisbrot angebrannt.«

»Tut mir leid.«

Ich reichte ihm einen Becher voll Quellwasser und einen Blechteller mit der Hälfte des Maisbrots und einem großen Stück Margarine.

»Wie ist es dir ergangen?«

»Soso«, sagte er, und ein Lächeln huschte über sein Gesicht. »Ich bin noch einmal davongekommen.«

»Das hatte ich bezweifelt.«

Eine Zeitlang aß er schweigend. »Weißt du«, sagte er endlich und sah dabei den Teller an: »Das ist wirklich ein schrecklicher Fraß.«

»Wer zwingt dich, mein Maisbrot zu essen?« entgegnete ich verstimmt. »Warum schmeckt mein Maisbrot niemandem? NIEMAND MAG MEIN MAISBROT! Warum wohl, auferstandener Meister?«

»Hmm«, grinste er, »und jetzt spreche ich als Gott: Ich würde sagen, du bildest dir ein, es schmeckt, und deshalb schmeckt es dir. Probier es mal, ohne zutiefst von deinem Glauben überzeugt zu sein, und es ist ... nun, sagen wir ... als ob es ... nach einer Überschwemmung ... einen Brand ... in einer Getreidemühle gegeben hätte, meinst du nicht auch? Und ich vermute, du wolltest diese Grashalme mit einbacken, was?«

»Entschuldige, es muß mir irgendwie vom Ärmel in den Teig gefallen sein, das Gras. Aber meinst du nicht, daß das Brot selbst ... nicht die Grashalme oder das verkohlte Stück ... ich meine eben nur das reine Brot ...?«

»Grauslich«, antwortete er und reichte mir alles bis auf den Happen, den er gegessen hatte, zurück. »Danke, da hungere ich lieber. Sind noch Pfirsiche übrig?«

»In der Proviantkiste.«

Wie hatte er mich auf diesem Feld finden können? Eine Flügelspannweite von knapp neun Metern, fernab gelegen und in einer zehntausend Quadratkilometer großen

Fläche von Prärieackerboden? Das ist kein leichtes Ziel, besonders nicht, wenn man gegen die Sonne fliegt. Aber ich hatte mir fest vorgenommen, keine Fragen zu stellen. Wenn er es mir verraten wollte, würde er es tun.

»Wie hast du mich gefunden?« fragte ich. »Ich hätte ja auch woanders landen können.«

Er hatte die Dose mit den Pfirsichen geöffnet und spießte die Stücke auf ein Messer . . . kein leichtes Unterfangen.

»Gleich und gleich gesellt sich gern«, murmelte er und stach daneben.

»Ach so?«

»Kosmisches Gesetz.«

»Aha!«

Ich aß mein Maisbrot auf und rieb die Pfanne mit Sand aus dem Bach trocken. Klasse Maisbrot war das.

»Hättest du die Güte, mir das näher zu erklären? Wie soll ich deinem erhabenen Wesen gleichen? Oder hast du etwa die Flugzeuge gemeint?«

»Wir Wundertäter müssen zusammenhalten«, sagte er. Der Satz, so wie er ihn sprach, klang beruhigend und zugleich erschreckend.

»Sag mal, Don . . . was du gerade gesagt hast . . . erklär mir doch, was du mit *wir* Wundertäter im Sinn gehabt hast.«

»Von der Lage des Achter-Schlüssels auf der Werkzeugtasche her zu schließen, würde ich sagen, daß du heute morgen den alten Trick mit dem schwebenden Schraubenschlüssel ausprobiert hast. Bitte sag mir, ob ich mich irre.«

»Nichts hab ich ausprobiert! Ich bin einfach aufgewacht . . . Ich meine, das Ding weckte mich auf, von ganz allein.«

»Ach. Allein, sagst du?« Er lachte mich an.

»Jawohl, allein!«

»Du verstehst genausoviel von deinen eigenen Wundertaten, Richard, wie von der Kochkunst.«

Ich schwieg. Statt zu antworten, machte ich es mir auf meinem zusammengerollten Bettzeug bequem und war ganz still. Falls er etwas zu sagen hatte, würde er es mir sagen, wenn es soweit war.

»Einige von uns müssen diese Dinge im Unterbewußtsein lernen. Wenn wir ganz wach sind, akzeptieren wir sie nicht, und deshalb vollbringen wir unsere Wunder im Schlaf.«

Er blickte hinauf zum Himmel und seinen ersten Schönwetterwölkchen. »Sei nicht ungeduldig, Richard. Wir alle lernen immer noch dazu. Von jetzt an wirst du es schneller, als du denkst, erfassen und bald ein erfahrener, alter spiritueller Maestro sein.«

»Wie meinst du das: schneller, als ich denken kann? Ich *will* es aber nicht denken, ich will gar nichts denken!«

»Du willst gar nichts denken?«

»Nun ja, selbstverständlich will ich darüber nachdenken, weshalb die Welt so ist, wie sie ist, und warum ich in ihr lebe und wohin ich gehen werde ... darüber will ich schon nachdenken. Oder zum Beispiel, wie man ohne Maschine fliegt ..., wenn ich mir was wünschen dürfte.«

»Tut mir leid.«

»Was tut dir leid?«

»Daß es so nicht geht. Wenn du erfährst, was diese Welt ist, wie sie funktioniert, dann wirst du ganz automatisch Wunder vollbringen – oder das, was man Wunder nennt. Aber selbstverständlich ist nichts wunderbar. Weiß man erst einmal, wie es der Zauberer macht, ist es nicht mehr magisch.« Er sah wieder herunter. »Du bist wie jeder andere. Du verstehst es bereits, du weißt es nur noch nicht.«

»Ich kann mich nicht entsinnen«, sagte ich, »ich kann mich wirklich nicht entsinnen, daß du mich gefragt hättest, ob ich diese Sache überhaupt lernen möchte; ich meine, was immer es war, das dir zeitlebens nur Kummer und Menschenansammlungen gebracht hat. Ich kann mich wirklich nicht erinnern.« Sowie die Worte heraus waren, wußte ich, daß er sagen würde, daß ich mich daran später erinnern würde, und daß er damit recht haben würde.

Er streckte sich auf der Wiese aus und bettete den Kopf auf die leere Maismehltüte. »Wegen der Menschenansammlungen solltest du dir keine Gedanken machen. Sie können dir nichts anhaben, es sei denn, du willst es. Du bist der Zauberer, vergiß das nicht. Pfhht! du bist unsichtbar und kannst durch verschlossene Türen gehen.«

»In Troy haben sie dich erwischt, was?«

»Habe ich behauptet, daß ich es nicht wollte? Ich ließ es zu. Es gefiel mir. Ein Stück Schmierenkomödiant steckt in jedem von uns, sonst würden wir die Meisterprüfung nie bestehen.«

»Aber bist du denn nicht ausgestiegen? Hab ich denn nicht gelesen . . .«

»Damals«, unterbrach er mich, »war ich nahe daran, ein vollbeschäftigter Messias zu werden, und den Job, den hab ich hingeschmissen. Aber ich kann nicht einfach wieder vergessen, was ich durch viele Lebzeiten gelernt habe.«

Ich schloß die Augen und kaute an einem Strohhalm. »Donald, was willst du mir eigentlich sagen? Weshalb bist du nicht offen und erklärst mir, was gespielt wird?«

Eine lange Pause trat ein. Dann sagte er: »Vielleicht

solltest du mir das sagen. Du erklärst mir, was ich sagen will, und ich korrigiere dich, wo es nicht zutrifft.«

Ich dachte einen Augenblick nach und entschloß mich, ihn zu überrumpeln. »Einverstanden, ich sag's dir.« Dann übte ich mich im Pauseneinlegen. Ich wollte ihn testen, wie lange er warten konnte, und um das, was ich zu sagen hatte, nicht allzu glatt herauszubringen. Die Sonne war inzwischen gestiegen und warm geworden. In der Entfernung, auf einem unsichtbaren Acker, fuhr ein Farmer seinen Dieseltraktor und bestellte sein Maisfeld, obgleich es Sonntag war.

»Gut, ich sag's dir. Zuerst einmal war es kein Zufall, als ich dich auf der Wiese in der Nähe von Ferris geparkt sah, stimmt's?«

Er war so still, daß man das Gras wachsen hören konnte.

»Und zum zweiten gibt es anscheinend zwischen dir und mir eine Art mystischer Abmachung, die ich offenbar vergessen habe und die du nicht vergessen hast.«

Nur ein sanfter Wind wehte, der das Brummen des Traktors zu uns herübertrug.

Ein Teil von mir hörte zu und war überzeugt, daß das, was ich sagte, nicht erfunden war. Ich erfand eine wahre Geschichte.

»Ich will sagen, daß wir uns vor drei- oder viertausend Jahren schon einmal begegnet sind, auf den Tag genau kommt's nicht an. Wir lieben die gleiche Art Abenteuer, wir verachten die gleiche Art von Zerstörern, wir lernen mit etwa derselben Freude und etwa gleich schnell. Nur hast du das bessere Gedächtnis. Und daß wir uns wiederbegegnet sind, hast du in den Satz ›Gleich und gleich gesellt sich gern‹ gekleidet.« Ich hob einen frischen Grashalm auf. »Na, wie mach ich mich?«

»Eine Zeitlang hatte ich Angst, es würde ganz schön lange dauern, und du würdest zu weit ausholen«, sagte er. »Nun, es wird ganz schön lange dauern, aber es besteht eine geringe Chance, daß du es diesmal schaffst. Sprich weiter.«

»Eigentlich brauche ich auch nicht weiterzusprechen, da du doch alles weißt, was in den Köpfen der Menschen vorgeht. Wenn ich aber diese meine Gedanken nicht in Worte fassen würde, würdest du nicht wissen, was ich zu wissen glaube, und ohne das kann ich nichts von dem, was ich lernen möchte, lernen.« Ich legte den Grashalm nieder. »Was profitierst du davon, Don? Weshalb befaßt du dich mit Leuten wie mir? Wenn jemand so fortgeschritten ist wie du, dann werden ihm all diese Wunderkräfte als Beiwerk mitgegeben. Du brauchst mich gar nicht, du brauchst überhaupt nichts auf dieser Welt.«

Ich wandte mich um und sah ihm ins Gesicht. Seine Augen waren geschlossen.

»Zum Beispiel Benzin für die Travel Air?« fragte er.

»Richtig«, antwortete ich. »Was übrigbleibt, ist nur Langeweile. Wo bleibt das Abenteuer, wenn einen nichts auf der Welt in Schwierigkeiten bringen kann? Dein einziges Problem ist die Problemlosigkeit!« Das, dachte ich, war wirklich ein unheimlich guter Satz gewesen.

»Tut mir leid«, sagte er, »aber das ging daneben. Erzähle mir, weshalb ich den Job als Messias hingeschmissen habe ... Weißt du, weshalb?«

»Wegen der Menschenansammlungen, hast du gesagt, und weil alle Welt erwartet, daß du ihre Wunder für sie vollbringst.«

»Stimmt. Nicht der erste Punkt, der zweite. Massenphobie – das ist deine Schwachstelle, nicht meine. Ein Haufen Leute macht mir nichts aus. Nur wenn es ihnen einerlei geworden ist, was ich zu sagen habe. Du kannst über den ganzen Atlantik auf dem Wasser wandeln, kannst es bis in alle Zeit und Ewigkeit Goldmünzen regnen lassen, und es ist ihnen egal, verstehst du?«

Als er dies sagte, sah er einsamer aus als irgendein Menschenwesen, dem ich je begegnet bin. Er brauchte keine Nahrung, kein Dach überm Kopf, brauchte weder Geld noch Ruhm. Er wollte nur ganz dringend sagen, was er zu sagen hatte, und niemand fand es der Mühe wert, ihn anzuhören.

Ich runzelte die Stirn, um nicht zu weinen. »Nun, du hast es so gewollt«, sagte ich. »Wenn dein Glück davon abhängt, was andere tun, dann hast du tatsächlich ein Problem.«

Er fuhr mit dem Kopf hoch, und seine Augen blitzten, als hätte ich ihn mit dem Schraubenschlüssel geschlagen. Und auf einmal merkte ich, daß er ein Typ war, mit dem man nicht spaßte. Ein vom Blitz getroffener Mann verbrennt im Handumdrehen.

Dann huschte wieder das Lächeln über sein Gesicht.

»Weißt du was, Richard?« sagte er langsam. »Du hast . . . *recht*!«

Dann schwieg er wieder wie hypnotisiert von dem, was ich gesagt hatte. Ich merkte es nicht und redete ununterbrochen weiter, wie es gekommen war, daß wir einander begegnet sind, was ich lernen mußte. All das raste durch mein Gehirn wie Kometen am Morgen, wie Meteore am hellichten Tag.

Er lag ganz still im Gras, rührte sich nicht, sprach nicht. Gegen Mittag hatte ich ihm meine Sicht des Universums und all der Dinge, die in ihm waren, erläutert.

». . . und es kommt mir vor, als hätte ich gerade erst angefangen, Don, so viel muß gesagt werden. Woher weiß ich das alles? Wie ist es gekommen?«

Er antwortete nicht.

»Wenn du annimmst, daß ich meine eigene Frage beantworte, muß ich gestehen, ich weiß es auch nicht. Warum kann ich all dies jetzt in Worte fassen, wenn ich es doch vorher niemals auch nur versucht habe? Was ist mit mir passiert?«

Keine Antwort.

»Don? Jetzt darfst du sprechen. Bitte.«

Aber er sagte kein einziges Wort. Ich hatte ihm das ganze Panorama des Lebens erklärt, und mein Messias – als hätte er in jenem zufälligen Satz über sein Glück alles gehört, was er hören wollte – war fest eingeschlafen.

7. Kapitel

Mittwoch früh sechs Uhr. Ich bin noch nicht wach, als plötzlich ein heftiges Getöse einsetzt, so als explodiere in unmittelbarer Nähe das Crescendo einer gewaltigen Symphonie: tausendstimmige Chöre, lateinische Worte, Violinen, Kesselpauken und Trompetenstöße, um Glas zum Zerspringen zu bringen.

Der Erdboden bebte, die Fleet schaukelte auf ihrem Fahrwerk, und ich selber schoß unter ihrem Tragflügel hervor wie eine elektrisierte Katze mit zu Ausrufungszeichen gesträubtem Fell.

Der ganze Himmel brannte im kalten Feuer des beginnenden Sonnenaufgangs, die Wolken ein einziges wildes Meer glühender Farben: Aber das alles verschwamm in dem explodierenden Crescendo der Töne.

»AUFHÖREN! AUFHÖREN! MUSIK ABSCHALTEN, ABSCHALTEN!«

Shimoda brüllte derart laut und wütend, daß ich ihn über dem Lärm vernahm. Und die Musik hörte tatsächlich sofort auf, während das Echo in der Ferne verklang, ferner und immer ferner. Dann war es nur noch ein sanftes, getragenes Kirchenlied . . . lind wie eine Brise . . . wie Beethoven in einem Traum.

Aber er blieb unbeeindruckt. »Hör mal, ich habe SCHLUSS DAMIT gesagt!«

Die Musik verstummte.

»Wuuf!« sagte er.

Ich sah ihn nur an.

»Alles zu seiner Zeit und wo's am Platze ist, stimmt's?« fuhr er fort.

»Nun ja, Zeit und Ort . . .«

»Ein wenig Sphärenmusik lasse ich mir gefallen, gewiß, aber sie muß lautlos und nur in deinem Kopf ertönen, vielleicht bei besonderen Anlässen, aber frühmorgens und in dieser Lautstärke? Was machst du nur?«

»Was *ich* mache? Don, ich habe tief und fest geschlafen . . . Was heißt das, was *ich* mache?«

Er schüttelte nur den Kopf, hob resigniert die Schultern, schnaufte und ging zurück zu seinem Schlafsack unter dem Tragflügel.

Der Leitfaden lag aufgeschlagen und mit dem Rücken nach oben im Gras. Ich drehte ihn behutsam um und las:

Führe deine Unzulänglichkeiten ins Feld,
und ehe du dich's versiehst, verbleiben sie dir.

Es gab vieles, was ich noch über die Erlöser zu lernen hatte.

8. Kapitel

Wir hatten in Hammond im Bundesstaat Wisconsin gearbeitet und ein paar Montagsfluggäste geflogen. Danach gingen wir in die Stadt, um zu essen. Nun befanden wir uns auf dem Heimweg.

»Don, ich gebe dir recht, das Leben kann interessant oder fade oder was auch immer sein: Es kommt ganz darauf an, was wir daraus machen. Aber selbst in meinen besten Tagen bin ich niemals imstande gewesen zu erkennen, weshalb wir überhaupt auf der Welt sind. Bitte erzähle mir etwas darüber.«

Wir kamen gerade an einem Haushaltswarengeschäft vorbei (geschlossen) und dann an einem Lichtspieltheater (geöffnet): *Zwei Banditen: Butch Cassidy und Sundance Kid.* Anstatt zu antworten, blieb er stehen und ging dann die paar Schritte auf dem Bürgersteig zurück.

»Du hast doch Geld bei dir, nicht wahr?«

»Reichlich. Was ist denn los?«

»Ins Kino gehen«, sagte er. »Bezahlst du?«

»Ich will nicht recht, Don. Geh du rein. Ich möchte zurück zu den Maschinen, ich will sie nicht gern allzu lange unbeobachtet lassen.«

Was war nur plötzlich an einem Film so sehenswert?

»Den Maschinen tut niemand etwas. Sehen wir uns den Film an, ja?«

»Aber das Programm hat doch schon angefangen.«

»Dann kommen wir eben zu spät.«

Er kaufte bereits seine Karte. Ich folgte ihm ins Dunkel. Wir setzten uns in eine der hinteren Reihen. Außer uns waren vielleicht noch fünfzig Zuschauer im Saal.

Ich hatte bald vergessen, warum wir hereingekommen waren, und ließ mich von der Handlung des Films, den ich schon immer für einen klassischen Western gehalten hatte, mitreißen. Ich kannte ihn, ich hatte ihn schon zweimal gesehen. Die Zeit im Kino wand und drehte sich wie eine Spirale und dehnte sich aus, wie immer bei einem guten Film, und eine Weile konzentrierte ich mich auf die technischen Aspekte . . . wie der Regisseur jede Szene konzipiert und aufgebaut hatte, wie sie sich in die folgende fügte, weshalb man diesen Auftritt vorgezogen hatte und so weiter. Ich wollte den Film aus dieser Sicht beurteilen, aber die Handlung fesselte mich, und ich vergaß es.

Gegen Schluß, wo Butch und Sundance von der gesamten bolivianischen Armee umstellt sind, berührte Shimoda meine Schulter. Ich lehnte mich zu ihm hinüber, ließ aber den Blick nicht von der Leinwand und wünschte, er hätte mit dem, was er sagen wollte, bis zum Schluß gewartet.

»Richard?«

»Hm?«

»Weshalb bist du hier?«

»Weil es ein guter Film ist, Don. *Schschsch.*« Butch und Sundance, blutüberströmt, unterhielten sich gerade darüber, warum sie nach Australien gehen sollten.

»Weshalb ist er gut?« fragte er.

»Weil er mir Spaß macht. *Schschsch.* Ich erkläre es dir später.«

»Komm zu dir, wach auf. Es sind nur Illusionen.«

Ich war verärgert. »Donald, warte ein paar Minuten, dann ist der Film zu Ende. Dann können wir darüber reden, solange du willst. Aber bis dahin laß mich bitte den Film ansehen, ja?«

Aber er flüsterte drängend und mit dramatischer Betonung: »Richard, *warum bist du hier*?«

»Sieh mal, ich bin hier, weil du mich darum gebeten hast!«

Ich wandte mich weg, wollte mich auf die Schlußszenen konzentrieren.

»Du hättest ja nicht mitzukommen brauchen, du hättest es ablehnen können.«

»Ich mag den Film ...« Ein Mann in der Sitzreihe vor uns drehte sich um. »Mir gefällt er, Don. Ist daran irgend etwas nicht in Ordnung?«

»Keineswegs«, antwortete er. Er sagte kein Wort mehr, bis der Film zu Ende und wir wieder auf der Straße waren und an dem Verkaufsgelände für gebrauchte Traktoren vorbei ins Dunkel in Richtung der Wiese und der Flugzeuge gingen. Es würde bald regnen.

Ich machte mir über sein Verhalten im Kino Gedanken. »Du tust doch eigentlich alles nur mit Vorbedacht, nicht, Don?«

»Manchmal.«

»Weshalb also der Film? Weshalb auf einmal gerade dieser Film?«

»Du hast eine Frage gestellt.«

»Freilich. Hast du eine Antwort darauf?«

»Das ist meine Antwort. Wir gingen in den Film, weil du eine Frage gestellt hattest. Der Film – das war die Antwort auf deine Frage.«

Er machte sich über mich lustig, ich wußte es.

»Was war denn meine Frage?«

Eine lange, schmerzliche Pause folgte. »Deine Frage, Richard, war, daß du selbst in deinen besten Tagen niemals herausfinden konntest, weshalb wir überhaupt auf der Welt sind.«

Ich entsann mich. »Und der Film war die Antwort auf die Frage?«

»Ja.«

»So?«

»Du verstehst das nicht?« fragte er.

»Nein.«

»Gewiß war das ein guter Film«, sagte er, »aber selbst der beste Film, der jemals gemacht wurde, bleibt eine Illusion, nicht wahr? Die Bilder auf der Leinwand bewegen sich ja nicht tatsächlich, sie scheinen sich nur zu bewegen. Ein wechselndes Licht, das über eine zweidimensionale Fläche flickert, die im Dunkeln aufgestellt ist.«

»Nun ja.« Allmählich dämmerte es mir.

»Und die anderen Leute, die Menschen, die überall auf der Welt ins Kino gehen, um sich einen Film anzusehen – warum tun sie das, wenn es doch nur Illusionen sind?«

»Nun, es ist Unterhaltung«, sagte ich.

»Also zum Vergnügen. Stimmt. Eins.«

»Sie könnten auch was lernen.«

»Richtig. Das ist immer möglich. Lernen. Zwei.«

»Ihre Phantasie wird beflügelt. Eine Flucht.«

»Auch das ist ein Vergnügen. Eins.«

»Aus technischem Interesse. Sie wollen sehen, wie ein Film entstanden ist.«

»Lernen. Zwei.«

»Flucht aus dem täglichen Einerlei . . .«

»Flucht. Das hast du bereits aufgezählt.«

»Geselligkeit. Um mit Freunden zusammenzusein«, sagte ich.

»Sicher ein triftiger Beweggrund, um hinzugehen, aber keiner, um den Film zu sehen. Auch das ist ein Vergnügen. Eins.«

Was auch immer ich anführte, es paßte entweder zu

eins oder zu zwei: Die Menschen gehen zum Vergnügen ins Kino, oder sie wollen etwas lernen oder beides.

»Und ein Film ist wie das Leben, Don, stimmt das?«

»Ja.«

»Weshalb sollte sich dann jemand ausgerechnet für ein schlimmes Leben entscheiden, zum Beispiel für einen Gruselfilm?«

»Diese Menschen gehen nicht nur zum Vergnügen in einen Gruselfilm, sie wissen es ja schon im voraus.«

»Aber warum?«

»Gefallen dir Gruselfilme?«

»Nein.«

»Siehst du sie dir jemals an?«

»Nein.«

»Aber es gibt Menschen, die viel Zeit und Geld aufwenden, um sich Gruselfilme oder Geschichten, in denen es des langen und breiten um die Probleme Dritter geht, anzusehen, die nur Langeweile hervorrufen ...?« Er ließ die Frage im Raum stehen.

»Richtig.«

»Du brauchst dir ihre Filme nicht anzusehen, und sie brauchen sich deine nicht anzusehen. Das nennt man Freiheit.«

»Aber warum sollte ein Mensch sich ausgerechnet gruseln oder langweilen wollen?«

»Weil sie glauben, es geschieht ihnen recht. Vielleicht haben sie jetzt jemanden erschreckt, oder sie mögen den Kitzel, den ihnen der Gruselfilm verursacht, oder sie meinen, Filme müßten eben langweilig sein. Kannst du dir vorstellen, daß es sehr viele Menschen gibt, die es aus durchaus plausibel erscheinenden Gründen genießen, ihren eigenen Filmen hilflos ausgeliefert zu sein? Nein, das kannst du nicht.«

»Nein, das kann ich auch nicht«, sagte ich.

»Ehe du das begreifst, wirst du dich fragen müssen, weshalb manche Menschen unglücklich sind. Sie sind es, weil sie es sich ausgesucht haben, Richard, und das ist in Ordnung.«

»Hmm.«

»Wir sind verspielte Geschöpfe, wir haben gern Spaß, wir sind die Fischotter des Universums. Wir können nicht sterben, wir können uns nicht verletzen, wir können es genausowenig, wie Illusionen auf einer Leinwand verletzt werden können. Aber wir können uns einreden, wir seien verletzt worden, und es uns in den schrecklichsten Einzelheiten ausmalen. Wir können uns einreden, wir seien Opfer, wir töten oder werden getötet, vom Glück und vom Pech gebeutelt und hin und her gezerrt.«

»Viele Leben lang?« fragte ich.

»Wie viele Filme hast du gesehen?«

»Ach so.«

»Filme über das Leben auf diesem Planeten, auf anderen Planeten; alles, was Raum und Zeit einnimmt, ist nichts als nur Film und nur Illusion«, sagte er. »Aber für eine Weile können wir eine Unmenge Dinge lernen und an unseren Illusionen sehr viel Spaß haben, nicht wahr?«

»Wie weit willst du den Vergleich ausdehnen, Don?«

»Wie weit möchtest du es haben? Du hast dir den Film heute abend teilweise deshalb angesehen, weil ich ihn sehen wollte. Viele Menschen wählen ein Leben, weil es ihnen Freude macht, Dinge gemeinsam zu tun. Zum Beispiel haben die Schauspieler in diesem Film heute abend auch in anderen Filmen zusammen gespielt – ob davor oder danach, das hängt davon ab, welchen Film du zuerst gesehen hast. Du könntest sie aber auch gleichzeitig auf verschiedenen Leinwänden sehen. Wir kaufen Eintrittskarten für die Vorstellung, wir bezahlen dafür, weil wir an die Realität von Raum und Zeit glauben wollen ... Keins von beiden ist wahr; aber trotzdem kann niemand, der nicht bereit ist, diesen Preis zu bezahlen, auf unserem Planeten, ja überhaupt in einem Raum-Zeit-System existieren.«

»Gibt es Menschen, die überhaupt kein Leben in der Raum-Zeit haben?«

»Gibt es Menschen, die nie ins Kino gehen?«

»Ich verstehe. Sie lernen auf andere Weise?«

»Richtig, du hast's erfaßt.« Er war offenbar zufrieden mit mir. »Raum-Zeit, das ist eine recht primitive Schule. Aber es gibt viele Menschen, die auf der Illusion, auch wenn sie langweilig ist, bestehen; sie mögen es nicht, wenn die Lichter zu früh wieder angehen.«

»Wer schreibt eigentlich diese Filme, Don?«

»Ist es nicht seltsam, wieviel wir wissen, wenn wir uns selbst statt jemand anderen fragen? Wer schreibt diese Filme, Richard?«

»Wir schreiben sie«, antwortete ich.

»Und wer spielt in ihnen?«

»Wir.«

»Wer ist der Kameramann, der Vorführer, der Kinopächter, der Platzanweiser, der Verleiher, und wer schaut sie sich alle an? Wer kann getrost mitten drin weggehen, wer kann, wann und wie er will, die Handlung verändern, und wer kann, wenn er will, sich denselben Film unzählige Male ansehen?«

»Laß mich raten«, sagte ich. »Jeder, der es möchte?«

»Ist das genügend Freiheit für dich?« fragte er zurück.

»Und darum gehen wir gern ins Kino, meinst du? Weil wir instinktiv begriffen haben, daß die Filme parallel zu unserem eigenen Leben verlaufen?«

»Kann sein . . . kann aber auch nicht sein. Ist jedenfalls nicht so wichtig, was? Nun: Was ist der Projektor?«

»Der Verstand«, erwiderte ich. »Nein: aber die Phantasie. Es ist unsere Phantasie, ganz gleich, was du sagst.«

»Und der Film?« fragte er.

»Ich passe.«

»Was immer wir in unsere Phantasie hineinprojizieren lassen?«

»Mag sein, Don.«

»Du kannst eine Filmrolle in die Hand nehmen«, sagte er, »und sie ist ein vollständiges Ding, sie hat einen Anfang, eine Mitte und einen Schluß, alles ist da in derselben Sekunde, in dem gleichen Millionstel einer Sekunde. Der Film existiert über die Zeitgrenze hinaus, die er aufzeichnet, und wenn du den Film schon kennst, weißt du, ehe du den Saal betrittst, was gespielt wird: Schlachten und Abenteuer, Sieger und Besiegte, Liebe und Unglück – du weißt alles im voraus. Aber um von ihm ergriffen, mitgerissen zu werden, um ihn ganz zu genießen, muß der Film zunächst in den Projektionsapparat gespult werden und an der Linse vorbeilaufen, Minute für Minute . . . Jede Illusion braucht Raum und Zeit, um erlebt zu werden. Also bezahlst du an der Kasse für deinen Eintritt, setzt dich hin und vergißt völlig, was draußen auf der Straße gespielt wird. Und damit fängt für dich der Film an.«

»Und niemandem wird wirklich weh getan? Das Blut auf der Leinwand ist nur Tomatensauce?«

»Nein, es ist wirkliches Blut«, sagte er, »aber es könnte genausogut Tomatenketchup sein, so schwach ist die Wirkung auf unser wahres Leben . . .«

»Und die Wirklichkeit?«

»Die Wirklichkeit schert sich einen Dreck drum, Richard. Eine Mutter kümmert es nicht, welche Rolle ihr Kind in seinen kindlichen Spielen verkörpert: Einmal ist es der Bösewicht, und dann wieder der Tugendbold. Das ›Sein‹ weiß ja nichts von unseren Illusionen und Spielen. Es kennt nur sich selbst und uns in seinem Ebenbilde, vollkommen und fertig.«

»Ich weiß nicht, ob ich vollkommen und fertig sein möchte. Du hast von Langeweile gesprochen . . .«

»Blick hinauf zum Himmel«, sagte er, und es war ein so abrupter Themenwechsel, daß ich unwillkürlich hochsah. Ganz oben schwebten ein paar faserige Federwölkchen. Die ersten Strahlen des Mondes versilberten ihre Ränder.

»Schöner Himmel«, sagte ich.

»Ein perfekter Himmel?«

»Weißt du, Don, eigentlich ist es immer ein perfekter Himmel.«

»Willst du sagen, daß der Himmel, obwohl er sich von Sekunde zu Sekunde ändert, immer vollkommen ist?«

»Stimmt! Wie gescheit von mir! Jawohl!«

»Und das Meer – es ist immer vollkommen, doch ändert es sich auch dauernd. Falls Perfektion Stillstand bedeutet, dann ist der Himmel ein Sumpf! Aber das Sein ist ja wohl kaum eine trügerische Sumpfblase.«

»Ist es nicht«, entgegnete ich abwesend. »Vollkommen und doch immer wechselnd. Hmm ja. Das kaufe ich dir ab.«

»Du hast das schon vor geraumer Zeit gekauft, wenn du auf dem Faktor Zeit bestehst.«

Ich wandte mich ihm zu. »Wird es dir niemals langweilig, Don, immer in dieser einen Dimension zu verharren?«

»Ach, ich verharre also in dieser einen Dimension?« sagte er. »Und du etwa auch?«

»Warum ist bloß alles, was ich sage, immer falsch?«

»Ist denn alles, was du sagst, immer falsch?« fragte er zurück.

»Allmählich wird mir klar, daß ich den falschen Beruf erwählt habe.«

»Vielleicht hättest du Immobilienmakler werden sollen«, meinte er.

»Immobilien oder Versicherungen.«

»Das Immobiliengeschäft hat bestimmt eine Zukunft, wenn du eine willst.«

»Gut, gut, es tut mir leid«, sagte ich. »Ich will keine Zukunft. Und keine Vergangenheit. Ich möchte lieber ein netter alter Meister im Reiche der Illusionen werden. Vielleicht nächste Woche?«

»Nun, Richard, hoffentlich eher.«

Ich sah ihn genau an, aber er lächelte nicht.

9. Kapitel

Die Tage flossen ineinander. Wir flogen wie immer, aber ich hatte aufgehört, den Ablauf des Sommers an den Namen der Städte, die wir überflogen, oder an dem Geld, das wir dafür einnahmen, zu messen. Ich maß den Sommer an dem, was ich lernte, an den Gesprächen, die wir nach getaner Arbeit führten, an den Wundern, die hin und wieder unterwegs vollbracht wurden bis zu der Zeit, da ich endlich erkannt hatte, daß sie überhaupt keine Wunder waren.

Stelle dir das Weltall
schön und gerecht und vollkommen vor,

las ich einmal in dem Leitfaden.

Dann aber sei sicher:
Das Sein hat es sich viel besser
vorgestellt
als du.

Wir hatten einen ruhigen Nachmittag verbracht . . . nur ab und zu wollte jemand fliegen. Zwischendurch übte ich mich im Auflösen von Wolken. Ich bin Fluglehrer gewesen, deshalb weiß ich, daß sich die Schüler immer bei einfachen Dingen schwertun. Ich sollte es besser wissen, und trotzdem benahm ich mich wieder wie ein Schüler und starrte angestrengt auf meine Kumulus-Zielwolken. Diesmal brauchte ich mehr Theorie und weniger Praxis. Shimoda hatte sich unter der Tragfläche der Fleet ausgestreckt und gab vor zu schlafen. Ich stieß ihn leicht am Arm an, und er machte die Augen auf.

»Ich schaff's nicht«, sagte ich.

»Doch, du schaffst es«, sagte er und machte die Augen wieder zu.

»Don, ich hab's versucht! Jedesmal, wenn ich denke, es hat gewirkt, schlägt die Wolke zurück und plustert sich noch dicker auf.«

Er seufzte und setzte sich auf. »Such mir eine Wolke aus, ja? Aber bitte eine leichte.«

Ich wählte die größte, gemeinste Wolke am ganzen Himmel, mindestens einen Kilometer hoch, die wie weißer Dampf aus der Hölle hervorbrach. »Da, die über dem Silo drüben«, sagte ich. »Sie färbt sich gerade schwarz.«

Er sah mich lange stumm an. »Weshalb haßt du mich eigentlich?«

»Weil ich dich so gern habe, Don, bitte ich dich um so etwas.« Ich lächelte. »Du brauchst die Herausforderung, aber wenn du lieber willst, daß ich dir etwas Kleineres aussuche . . .«

Wieder seufzte er. Dann sah er zum Himmel hinauf.

»Ich werde es versuchen. Also, welche war es?«

Ich sah hinauf, und die Wolke mit ihren Millionen Tonnen Regen war wie weggeblasen. An ihrer Stelle war ein unschönes himmelblaues Loch.

»Phantastisch«, sagte ich leise.

»Das stand dafür«, meinte er. »Nein, so gern ich dein Lob annehmen würde, mit dem du mich überhäufst, muß ich dir doch wahrheitsgemäß sagen: Es ist ganz einfach.«

Er wies auf ein zartes Wölkchen unmittelbar über uns. »Los. Jetzt bist du dran. Na, mach schon!«

Ich sah mir dieses fedrige Etwas an, und es schien zurückzublicken. Ich wünschte es weg, stellte mir einen leeren Fleck vor, wo es gewesen war, bombardierte es mit eingebildeten Hitzestrahlen, befahl ihm, anderswo wieder zu erscheinen, und sachte, sachte, im Verlauf von einer, fünf, ja sieben Minuten war die Wolke schließlich verschwunden. Andere Wolken wuchsen weiter – aber meine löste sich auf!

»Dein Arbeitstempo ist wohl nicht gerade rasant?« sagte er.

»War auch mein erster Versuch! Ich bin ein Anfänger! Ich muß mich mit dem Unmöglichen herumschlagen . . . nun, besser: dem Unwahrscheinlichen, und dir fällt kein anderer Kommentar ein, als daß ich nicht schnell genug arbeite. Es war brillant, und du weißt das auch.«

»Erstaunlich. Du hast dich mit aller Kraft an die Wolke geklammert; trotzdem ist sie für dich verschwunden.«

»Geklammert? Dabei habe ich sie mit allem, was es gab, bombardiert. Mit Kugelblitzen, Laserstrahlen, haushohen Staubsaugern . . .«

»Negative Fixierungen waren das, Richard. Wenn du wirklich eine Wolke aus deinem Leben verdrängen willst, solltest du keine große Angelegenheit daraus machen, sondern dich einfach entspannen und sie aus deinem Denken entfernen. Das ist alles.«

Im Handbuch stand:

Eine Wolke weiß nicht, warum sie
sich in dieser oder jener Richtung
bewegt und gerade mit dieser
Geschwindigkeit.
Sie fühlt einen Impuls . . .
dort muß ich jetzt sein.
Aber der Himmel kennt die Motive
und die Strukturen jenseits aller
Wolken, und du wirst sie auch erkennen,
wenn du dich hoch genug erhebst, um
jenseits der Horizonte zu blicken.

11. Kapitel

Niemals wird dir ein Wunsch gegeben,
ohne daß dir auch die Kraft verliehen
wurde, ihn zu verwirklichen.

Es mag allerdings sein, daß du dich
dafür anstrengen mußt.

Wir befanden uns auf einer riesigen Weide neben einer drei Morgen großen Pferdeschwemme und weit weg von jeglicher Ansiedlung, irgendwo zwischen den Staaten Illinois und Indiana. Keine Passagiere; es war unser freier Tag – so dachte ich jedenfalls.

»Hör zu«, sagte er. »Nein, warte. Sei still und paß auf. Was du jetzt erleben wirst, ist absolut kein Wunder. Lies dein Physikbuch . . . jedes Kind kann auf dem Wasser gehen.«

Er sagte es, und als hätte er gar nicht bemerkt, daß überhaupt Wasser da war, stand er auf, ging ein paar Meter vom Ufer weg auf der Oberfläche der Pferdeschwemme. Es schien, als wäre die Schwemme eine sommerliche Fata Morgana über einem steinernen Untergrund. Er stand fest auf der Wasseroberfläche, keine Welle, kein Kräuseln spritzte über seine Fliegerstiefel.

»Komm!« rief er. »Versuch's mal!«

Ich sah es mit eigenen Augen. Es war ganz offenbar möglich, weil er dort stand. Deshalb ging ich hinaus, um mich ihm zuzugesellen. Es fühlte sich an, als ob man auf durchsichtigem blauem Linoleum ginge. Ich lachte.

»Donald, was stellst du bloß mit mir an?«

»Ich demonstriere dir nur, was jeder früher oder später lernt«, sagte er, »und du bist gerade in Reichweite.«

»Aber ich ...«

»Schau doch her. Das Wasser kann ganz fest sein« – er stampfte mit dem Fuß auf, und es klang wie Leder auf Felsen – »oder auch nicht.« Wieder stampfte er auf, und das Wasser bespritzte uns beide. »Hast du das mitbekommen? Versuch's!«

Wie schnell wir uns an Wunder gewöhnen! In kaum einer Minute war ich davon überzeugt, daß man auf dem Wasser gehen kann, ja, daß es etwas ganz Natürliches ist ... na und?

»Aber wenn das Wasser fest ist, wie können wir es dann trinken?«

»Genauso, wie wir darauf wandeln können, Richard. Es ist weder fest, noch ist es flüssig. Du und ich, wir entscheiden, was es für uns sein soll. Willst du Wasser flüssig haben, stell es dir flüssig vor, tue so, als sei es flüssig, trink es. Wenn du es dir als Luft wünschst, tue so, als sei es Luft, atme es ein. Versuch's.«

Vielleicht hat das etwas mit der Gegenwart einer fortgeschrittenen Seele zu tun, dachte ich. Vielleicht dürfen all diese Ereignisse nur innerhalb eines bestimmten Umkreises, sagen wir, in einem Radius von fünfzehn Metern, geschehen ...

Ich kniete mich auf die Oberfläche und tauchte die Hand in die Schwemme.

Flüssig.

Dann legte ich mich flach hin und tauchte mein Gesicht in seine Bläue und atmete vertrauensvoll. Es fühlte sich an wie warmer, flüssiger Sauerstoff. Ich erstickte nicht, noch rang ich nach Luft. Ich setzte mich auf und sah ihn fragend an. Ich erwartete, daß er meine Gedanken kannte.

»Sprich«, sagte er.

»Weshalb muß ich sprechen?«

»Was du zu sagen hast, läßt sich präziser in Worte fassen. Also sprich.«

»Wenn wir auf dem Wasser wandeln, es einatmen und trinken können, weshalb geht das nicht auch auf der Erde?«

»Hmm. Gute Frage. Paß auf . . .«

Er ging ans Ufer, leichten Schrittes, als wanderte er über einen gemalten See. Aber als sein Fuß festen Boden berührte, Sand und das schilfbestandene Ufer, sank er immer tiefer ein. Er tat noch ein paar Schritte und stand jetzt bis an die Schultern in Erde und Gras. Es war, als wäre der Teich auf einmal zur Insel geworden, das Festland um uns zu einem See. Einen Augenblick schwamm er in dem Weideland herum und planschte in dunklen, lehmigen Tropfen. Dann ließ er sich darauf treiben, dann stand er auf und ging darauf weiter. Plötzlich war es ein Wunder, einen Menschen *auf der Erde wandeln zu sehen*!

Ich stand auf der Schwemme und applaudierte. Er verbeugte sich und applaudierte mir ebenfalls.

Ich ging bis ans Ufer des Teichs, wünschte mir, daß sich die Erde verflüssigte, und berührte sie mit der Zehe. Im Gras zeigten sich Kräuselwellen. Wie tief mag es wohl sein? Nun, der Grund wird so tief sein, wie ich ihn haben will. Sagen wir, etwa einen halben Meter. Ich werde darin waten.

Zuversichtlich stieg ich ans Ufer und sank sofort bis über den Kopf ein. Unten war es schwarz und unheimlich; ich kämpfte mich zurück an die Oberfläche, hielt die Luft an und ruderte verzweifelt mit den Armen, um mich im festen Wasser am Rande des Teichs festzuhalten.

Er saß im Gras und lachte.

»Du bist ein bemerkenswerter Schüler, weißt du das?«

»Ich bin überhaupt kein Schüler! Hol mich hier raus!«

»Komm selber raus.«

Ich hörte auf zu strampeln. Ich nehme an, daß es fest ist, daß ich hinausklettern kann. Ich nehme an, daß es fest ist ... Und ich kletterte hinaus, bedeckt mit einer schwarzen Schlammkruste.

»Mann, du hast dich dabei aber vielleicht dreckig gemacht!«

Auf seinem eigenen blauen Hemd, auf seinen Jeans kein Fleck, kein Stäubchen.

»Baah!« Ich schüttelte mir den Schlamm aus den Haaren, aus den Ohren. Dann legte ich die Brieftasche ins Gras, ging in das flüssige Wasser und säuberte mich auf die traditionelle, nasse Weise.

»Ich weiß, daß es eine bessere Art der Reinigung gibt.«

»Stimmt. Und eine schnellere.«

»Du brauchst es mir natürlich nicht zu sagen. Bleib nur ruhig da sitzen, lache und laß es mich allein herausbekommen.«

»Wird gemacht.«

Schließlich mußte ich mit patschnassen Stiefeln zurück zur Fleet gehen und mich umziehen. Ich hängte die Sachen über die Spanndrähte zum Trocknen.

»Richard, vergiß nicht, was du heute getan hast. Es ist leicht, unsere Augenblicke der Erleuchtung zu vergessen, sich einzubilden, es wären Träume oder einmalige Wunder gewesen. Nichts Gutes ist jemals ein Wunder, nichts Wunderbares ist jemals ein Traum.«

»Du sagst, die Welt ist ein Traum. Sie ist manchmal herrlich. Sonnenuntergang, Wolken, Himmel.«

»Nein. Die Einbildung ist ein Traum. Die Schönheit ist wirklich. Siehst du den Unterschied?«

Ich nickte, ich verstand ihn beinahe. Später schlug ich wieder verstohlen den Leitfaden auf.

Die Welt ist dein Schulheft,
die Seiten, auf denen du deine
Rechenaufgaben löst.
Es ist aber nicht die Wirklichkeit,
obwohl du, wenn du willst,
die Wirklichkeit auch dort ausdrücken kannst.

Du kannst aber auch ruhig Unsinn
hineinschreiben oder Unwahrheiten
oder die Seiten zerreißen.

Es war ein angenehm warmer Nachmittag zwischen einzelnen Regenschauern, und die Gehsteige waren naß, als wir aus der Stadt zurückgingen.

»Du kannst durch Wände gehen, nicht wahr, Don?«

»Nein.«

»Wenn du nein sagst, weiß ich immer, daß du ja meinst und daß dir nur an meiner Fragestellung etwas nicht gefällt.«

»Uns entgeht aber auch gar nichts, was?« sagte er.

»Liegt das Problem bei *Gehen* oder bei *Wände*?«

»Bei beiden und noch schlimmer. Die Frage setzt voraus, daß ich in einer begrenzten Raum-Zeit existiere und in eine andere Raum-Zeit überwechsle. Heute ist mir aber nicht danach, mich deinen Annahmen über mich anzuschließen.«

Ich zog die Stirn in Falten. Er wußte genau, was ich wissen wollte. Warum antwortete er mir nicht einfach und ließ mich dann weiterforschen?

»Es ist nun mal meine Methode, dir präzises Denken beizubringen«, sagte er sanft.

»Gut. Du kannst es so erscheinen lassen, als ob du durch Wände gehen könntest? Ist dies eine bessere Frage?«

»Ja. Besser schon. Aber wenn du es ganz präzise sagen möchtest . . .«

»Bitte sag's mir nicht. Ich weiß mich durchaus klar auszudrücken. Also hier ist meine Frage: Wie kommt es, daß du die Illusion eines begrenzten Identitätsgefühls, das sich in dem Glauben an ein raumzeitliches Kontinuum, deinen ›Körper‹, manifestiert, durch die Illusion eines dinglichen Widerstandes, genannt ›Wand‹, hindurchbewegen kannst?«

»Ausgezeichnet!« rief er. »Wenn du deine Frage korrekt vorbringst und formulierst, beantwortet sie sich von selbst, nicht wahr?«

»Nein, die Frage hat sich keineswegs beantwortet. Wie bringst du es fertig, durch Wände zu gehen?«

»RICHARD! Du hattest es beinahe geschafft, und jetzt hast du es völlig verdorben! Ich kann nicht durch Wände gehen . . . Wenn du das so sagst, setzt du Dinge voraus, die ich absolut nicht voraussetze. Wenn ich sie so voraussetze, wäre die Antwort: ›Ich kann es nicht.‹«

»Aber es ist so schwierig, alles und jedes genau zu formulieren, Don. Verstehst du denn nicht, was ich meine?«

»Nur weil es schwierig ist, schreckst du davor zurück? Anfangs war auch das Gehenlernen schwierig; du hast es gemeistert. Jetzt ist es ganz einfach.«

Ich seufzte. »Klar. Stimmt. Vergiß meine Frage.«

»Ich werde sie vergessen. Aber meine Frage ist: Kannst du es?« Dabei sah er mich an, als kümmerte ihn nichts auf dieser Welt.

»Du behauptest, Körper sei Illusion, Wand sei Illusion, Identität jedoch sei Wirklichkeit und ließe sich nicht durch Illusionen einengen.«

»Das sind nicht meine Worte, es sind deine.«

»Es stimmt aber.«

»Natürlich«, sagte er.

»Wie machst du es also?«

»Richard, man macht gar nichts. Du stellst dir vor, daß es bereits getan ist, und es existiert.«

»Mein Gott, wie einfach das klingt.«

»So einfach wie gehen. Du kannst dir nicht vorstellen, daß du es einst recht mühselig lernen mußtest.«

»Don, durch die Wand gehen muß ich jetzt nicht etwa mühselig lernen. Es ist unmöglich.«

»Du meinst wohl, daß dir die Dinge, wenn du immer wieder, ja tausendmal *unmöglich* sagst, plötzlich leichter werden?«

»Verzeih mir. Es ist möglich, und ich werde es tun, wenn meine Zeit gekommen ist.«

»Er wandelt auf dem Wasser, liebe Leute, aber er ist untröstlich, weil er nicht durch Wände gehen kann.«

»Aber das war leicht, dies ist . . .«

»Führe deine Unzulänglichkeiten ins Feld, und ehe du dich's versiehst, verbleiben sie dir«, sang er. »Hast du nicht erst vor einer Woche in der Erde schwimmen können?«

»Das stimmt.«

»Ist eine *Wand* nicht einfach senkrechte Erde? Ist es so wichtig, in welcher Richtung die Illusion verläuft? Horizontale Illusionen lassen sich meistern, senkrechte nicht?«

»Ich glaube, ich begreife dich allmählich, Don.«

Er sah mich an und lächelte. »Immer wenn ich mich dir verständlich machen kann, ist es an der Zeit, dich eine Weile dir selbst zu überlassen.«

Das letzte Gebäude der Stadt war ein Getreidespeicher, ein großer Bau aus orangefarbenen Ziegeln. Es schien, als hätte Don sich plötzlich entschlossen, eine nur ihm bekannte Abkürzung zu nehmen. Die Abkürzung ging durch die Ziegelmauer. Unvermittelt bog er rechts ab, ging auf die Mauer zu und war verschwunden. Heute meine ich, daß ich, wäre ich sofort mit ihm abgebogen, ebenfalls durch die Wand gegangen wäre. Aber statt dessen blieb ich wie angewurzelt mitten auf der Straße stehen und starrte auf den Fleck, wo er gewesen war. Als ich die Hand ausstreckte, um die Ziegel zu berühren, waren sie feste Ziegel.

»Eines Tages, Donald«, sagte ich, »eines Tages ...«

Allein ging ich den langen Weg zu den Flugzeugen zurück.

»Donald«, sagte ich, als ich wieder auf unsere Weide kam, »ich bin zu der Überzeugung gelangt, daß du wirklich nicht in dieser Welt lebst.«

Erstaunt sah er mich an. Er saß auf seinem oberen Tragflügel und übte sich im Auftanken. »Gewiß nicht. Kannst du mir jemanden nennen, der es tut?«

»Was heißt das, kann ich dir jemanden nennen? Ich! *Ich* lebe in dieser Welt.«

»Ausgezeichnet«, erwiderte er, als hätte ich aufgrund einer unabhängig gewonnenen Erkenntnis ein verborgenes Rätsel gelöst. »Erinnere mich daran, dich heute zum Mittag einzuladen ... Großartig, wie du nicht aufhörst zu lernen.«

Was mochte das wohl bedeuten? Er klang weder sarkastisch noch ironisch, er meinte genau das, was er gesagt hatte.

»Was meinst du? Selbstverständlich lebe ich in dieser Welt. Zusammen mit etwa vier Milliarden von Mitmenschen. *Du* bist es, der ...«

»O Gott, Richard! Du meinst es tatsächlich im Ernst! Aus dem Mittagessen wird nichts. Kein Hamburger, kein Milkshake, überhaupt nichts! Ich hatte geglaubt, du hättest endlich dieses erhabene Wissen erlangt ...« Er brach ab und blickte mit einer Mischung aus Zorn und Mitleid auf mich herunter. »Du bist so sicher, ja? Du meinst, du lebst in derselben Welt wie ... ein Börsenmakler zum Beispiel? Dein Leben ist gerade völlig auf den Kopf gestellt und verändert worden durch den neuesten Beschluß der Securities and Exchange Commission, wonach die Prüfung von Portefeuilles mit mehr als fünfzig Prozent Anlagenverluste der Aktionäre obligatorisch geworden ist? Du lebst in derselben Welt wie ein Schachmeister, ja? Du machst mit bei den offenen Wettkämpfen in New York diese Woche, mit Petrosian und Fischer und Browne in Manhattan, um den Preis von einer halben Million Dollar? Was hast du auf einer Kuhweide in Maitland im Bundesstaat Ohio verloren? Du mit deinem antiquierten Doppeldecker auf einem Feld, du, dessen Hauptanliegen die Einholung der Erlaubnis des Farmers, die Zehnminuten-Rundflüge, die Wartung eines Kinnermotors und eine tödliche Angst vor Hagelstürmen sind ... Wie viele Menschen, glaubst du, leben in deiner Welt? Du behauptest, es seien vier Milliarden? Willst du mir weismachen, du dort unten auf der Erde, daß vier Milliarden Menschen etwa nicht in vier Milliarden separater Welten lebten?« Er keuchte von dem schnellen Reden.

»Und ich konnte den Hamburger fast schmecken und die Scheibe Käse darauf«, sagte ich.

»Es tut mir leid. Ich hätte ihn dir wirklich gern spendiert. Aber das ist nun vorbei und sollte tunlichst vergessen werden.«

Es war zwar das letztemal, daß ich ihm vorgeworfen hatte, nicht in dieser Welt zu leben, aber ich brauchte lange dazu, die Worte zu begreifen, die im Leitfaden auf der aufgeschlagenen Seite standen:

Wenn du dich eine Weile darin übst,
nur in der Phantasie zu leben, wirst du begreifen,
daß Phantasiepersonen manchmal wirklicher
sind als Menschen aus Fleisch und Blut.

13. Kapitel

Dein Gewissen ist das Maß
der Aufrichtigkeit deiner Selbstsucht.
Höre darauf.

»Es steht uns allen frei, zu tun, was auch immer wir tun wollen«, sagte Donald an jenem Abend. »Ist das nicht einfach und sauber und eindeutig? Wäre das nicht das Gegebene, um ein Universum zu regieren?«

»Fast. Aber du hast etwas ziemlich Wichtiges unberücksichtigt gelassen«, entgegnete ich.

»So?«

»Solange wir damit keinem anderen weh tun«, sagte ich vorwurfsvoll. »Ich weiß, daß du es so gemeint hast, aber du solltest auch sagen, was du meinst.«

Auf einmal raschelte es im Dunkeln, und ich fuhr herum. »Hast du das gehört?«

»Hmm. Klingt tatsächlich, als ob da jemand ist . . .« Er stand auf und ging ins Dunkel. Dann hörte ich ihn plötzlich lachen und einen Namen nennen, den ich nicht mitbekam. »Ist in Ordnung«, sagte er, »nein, wir freuen uns, wenn Sie kommen . . . Sie brauchen hier nicht sitzen zu bleiben . . . kommen Sie doch, Sie sind uns wirklich willkommen.«

Die Stimme hatte einen schweren Akzent, nicht eigentlich russisch und auch nicht tschechisch, eher siebenbürgisch.

»Danke sehrr. Ich will Ihr abendliches Zusammensein nicht stören . . .«

Der Mann, den er an unser Feuer brachte, war . . .

nun ... eine ungewöhnliche Erscheinung, der man nicht alle Tage im Mittelwesten Amerikas begegnet. Ein kleiner, magerer, wölfisch aussehender Kerl, Furcht einflößend, in einem Abendanzug und einem mit roter Seide abgefütterten Cape. Der Lichtschein störte ihn offenbar.

»Ich kam gerade vorbei«, sagte er. »Über das Feld führt eine Abkürzung zu meinem Haus ...«

»Tatsächlich?« Shimoda glaubte dem Mann wohl nicht, gab sich aber trotzdem Mühe, nicht laut herauszuplatzen. Ich hoffte, ebenfalls bald zu verstehen.

»Bitte machen Sie sich's gemütlich«, sagte ich. »Womit können wir Ihnen dienen?« In Wahrheit fühlte ich mich gar nicht so hilfsbereit, aber er erschien mir so scheu und zurückhaltend, daß ich ihm gern aus seiner Verlegenheit herausgeholfen hätte.

Er sah mich mit einem verzweifelten Lächeln an, das mir das Blut in den Adern stocken ließ. »Ja, Sie können mir helfen. Ich brauche es sehr dringend, sonst würde ich Sie nicht darum bitten. Darf ich Ihr Blut trinken? Nur einen Schluck? Es ist meine Nahrung, ich muß Menschenblut haben, sonst ...«

Kann sein, daß es der fremdländische Akzent war oder daß sein Englisch nicht ausreichte und daß ich ihn nicht verstand ... jedenfalls war ich mit Windeseile auf den Beinen. Strohhalme stoben ins Feuer, so schnell hatte ich mich bewegt.

Der Mann machte einen Schritt zurück. Ich bin zwar im allgemeinen harmlos, aber ich bin nicht gerade klein geraten und könnte wohl bedrohlich ausgesehen haben. Er wandte den Kopf zur Seite.

»Mein Herr, es tut mir leid, es tut mir wirklich leid! Bitte vergessen Sie, daß ich irgend etwas über Blut gesagt habe! Aber sehen Sie ...«

»Was wollen Sie andeuten?« Ich war nun um so wütender, weil ich Angst hatte. »Was *zum Teufel* wollen Sie andeuten? Ich weiß nicht, was Sie sind, sind Sie vielleicht eine Art VAM . . .?«

Shimoda fiel mir ins Wort, ehe ich zu Ende sprechen konnte. »Richard, unser Gast hat gerade etwas gesagt. Du hast ihn unterbrochen. Sprechen Sie weiter, Sir, mein Freund ist etwas zu hastig.«

»Donald«, sagte ich, »dieser Kerl . . .«

»Halt den Mund!«

Ich war so überrascht, daß ich den Mund hielt und den Mann, der dort aus dem Dunkeln in unseren Feuerschein gekommen war, nur erschreckt und fragend anstarrte.

»Bitte zu verstehen. Ich habe nicht gewählt Vampirdasein. Ist bedauerlich. Ich habe nicht viel Freunde. Aber ich muß ein gewisses Quantum frisches Blut jede Nacht bekommen, sonst muß ich ganz schreckliche Schmerzen erleiden. Wenn ich längere Zeit ohne Blut bin, kann ich nicht leben! Bitte, lassen Sie mich nicht so sehr leiden, ich werde sterben, wenn Sie mir nicht erlauben, Ihr Blut zu trinken . . . nur ein wenig. Mehr als einen halben Liter brauche ich nicht.«

Er machte einen Schritt auf mich zu. Er fuhr sich mit der Zunge über die Lippen. Anscheinend vermutete er, daß ich Shimoda hörig war und dieser mich gefügig machen würde.

»Noch einen Schritt, und es fließt tatsächlich Blut, Mann! Wenn Sie mich anfassen, bringe ich Sie um . . .« Natürlich würde ich ihn nicht umgebracht haben, aber ich wollte ihn mindestens fesseln, ehe wir weitersprachen.

Das mußte gesessen haben, denn er war stehengeblieben und seufzte. Dann wandte er sich an Shimoda. »Hat das Ihren Zweck erfüllt?«

»Glaub schon. Danke!«

Der Vampir sah zu mir auf und lächelte gelassen. Anscheinend war er belustigt und zufrieden wie ein Schauspieler, der seine Rolle überzeugend dargestellt hat. »Nein, Richard«, sagte er, und der Akzent war plötzlich ganz weg, »ich werde dein Blut nicht saugen.« Und vor meinen Augen verblaßte er, als hätte er sein eigenes Licht ausgeschaltet . . . In fünf Sekunden war er verschwunden.

Shimoda setzte sich wieder ans Feuer. »Bin ich aber froh darüber, daß du nicht meinst, was du sagst.«

Das Adrenalin in meinen Adern ließ mich noch immer erzittern, denn ich war bereit gewesen, es mit dem Ungeheuer aufzunehmen. »Don, das ist nichts für mich. Vielleicht erklärst du mir, was hier vorgeht. Zum Beispiel, was . . . was war das?«

»Ein Vampir aus Siebenbürgen war das«, entgegnete er und ließ seine Stimme noch fremdländischer klingen als die der Kreatur. »Oder besser: die *Verkörperung* eines Vampirs aus Siebenbürgen. Es ist ganz einfach: Jedesmal, wenn man etwas klarmachen will, wenn man meint, der andere hört nicht zu, braucht man nur einen Gedanken zu *verkörpern.* Im Handumdrehen hat man demonstriert, was man meint. Glaubst du, ich hätte eben etwas übertrieben, mit dem Cape, den Eckzähnen und diesem Akzent? War er für dich allzu erschreckend?«

»Das Cape war Klasse, Don. Aber es war die primitivste, groteskeste Klischeevorstellung . . . Nein, ich hatte kein bißchen Angst.«

Er seufzte. »Gut. Aber du verstehst mich zumindest, und darauf kommt es an.«

»Verstehe was?«

»Richard, deine Aggression dem Vampir gegenüber

war der Beweis für das, was du im Sinn hattest, obwohl du wußtest, daß du damit einem anderen weh tun würdest. Er hat dir sogar *erklärt,* er würde leiden, wenn . . .«

»Aber er wollte mir doch das Blut aussaugen!«

»Genau das tun wir jedem an, dem wir erklären, wir würden leiden, wenn sie nicht unsere Art von Leben lebten.«

Ich verstummte und dachte lange über seine Worte nach. Ich hatte immer geglaubt, daß es uns freistünde, zu tun, wonach es uns gelüstet, vorausgesetzt, wir tun einander nicht weh damit. Doch dieses Beispiel paßte nicht ins Schema. Es fehlte etwas.

»Worüber du dir den Kopf zerbrichst«, sagte er, »das ist nur eine Redewendung, eine Maxime, die eben unmöglich ist. Es geht um die Worte: *Jemand anderem weh tun.* Wir allein bestimmen, ob uns weh getan wird oder nicht, ganz gleich, was geschieht. Wir sind es, die das entscheiden. Niemand sonst. Mein Vampir hat dir erklärt, er würde leiden, wenn du ihn nicht ließest, stimmt's? Er hatte sich dafür entschlossen zu leiden, es war seine Wahl. Gib ihm Blut, ignoriere ihn, binde ihn fest, treibe ihm einen eichenen Pfahl durchs Herz. Wenn er den eichenen Pfahl ablehnt, steht es ihm frei, sich auf jede Art, die ihm paßt, zu wehren. Und so geht es weiter, immer weiter: Wir müssen wählen, wählen, wählen . . .«

»Nun ja, wenn man es so betrachtet . . .«

»Hör zu«, sagte er, »es ist wichtig. WIR SIND ALLE . . . FREI . . . UM ZU TUN . . . WAS IMMER WIR WOLLEN.«

14. Kapitel

Jeder Mensch,
alle Ereignisse in deinem Leben
sind da, weil du selbst sie
angezogen hast.

Was du mit ihnen anfängst,
ist deine Sache.

»Fühlst du dich nicht manchmal einsam, Don?« Wir saßen in einer Imbißstube in Ryerson im Bundesstaat Ohio, als es mir einfiel, ihn danach zu fragen.

»Ich bin überrascht, daß du dies . . .«

»Schschsch«, sagte ich, »ich bin mit meiner Frage noch nicht fertig. Fühlst du dich nicht manchmal ein ganz klein wenig einsam?«

»Was du darunter . . .«

»Warte! All diese Menschen. Wir sind nur ein paar Augenblicke mit ihnen zusammen. Ab und zu taucht ein Gesicht in der Menge auf und leuchtet, irgendeine wunderbare, strahlende Frau, die mich wünschen läßt, dableiben und guten Tag sagen zu können, mich auszuruhen und ein wenig zu unterhalten. Aber entweder fliegt sie zehn Minuten mit mir, oder sie läßt es sein. Dann ist sie verschwunden, und am nächsten Tag geht's weiter nach Shelbyville, und ich werde sie nie wiedersehen. Das ist einsam. Aber man kann wohl kaum bleibende Freunde finden, wenn man selbst nirgendwo länger bleibt.«

Er schwieg.

»Oder?«

»Darf ich jetzt reden?«

»Ich denke schon, ja.« Die Hamburger in dieser Snackbar waren zur Hälfte in dünnes Ölpapier eingewickelt. Wenn man sie auspackte, war alles voller Sesamkörner – nutzlose kleine Dinger, aber die Hamburger schmeckten gut. Er aß eine Zeitlang schweigend weiter und ich auch, wobei ich mich fragte, was er wohl sagen würde.

»Hör zu, Richard, sagen wir einmal, wir sind Magneten, ja? Nein, keine Magneten. Wir sind Eisen, mit Kupferdraht umwickelt. Jedesmal, wenn wir uns magnetisieren wollen, können wir es. Wir brauchen nur unseren inneren Strom durch die Drähte fließen zu lassen, und wir können anziehen, was immer wir wollen. Einem Magneten ist es einerlei, wie er funktioniert. Er ist einfach da und so beschaffen, daß er einiges anzieht, anderes nicht.«

Ich aß einen Kartoffelchip und zog die Stirn kraus.

»Etwas hast du dabei aber ausgelassen. Wie mache ich das?«

»Du machst gar nichts. Kosmisches Gesetz, weißt du noch? Gleich und gleich gesellt sich gern. Sei nur, wer du bist, sei ruhig und klar und hell. Ganz von selbst und während wir uns strahlend offenbaren, sollten wir uns jeden Augenblick fragen, ob wir genau dies wirklich tun wollen, und es nur dann tun, wenn die Antwort ja ist. Das weist dann ganz von selbst alle diejenigen zurück, die nichts von dem, was wir sind, erlernen können, und es wird diejenigen anziehen, die glauben, sie könnten etwas lernen, und von denen auch wir etwas lernen können.«

»Aber dazu gehört eine große Glaubensstärke, und unterdessen ist man ziemlich einsam geworden.«

Er sah mich über seinen Hamburger hinweg mit einem seltsamen Ausdruck an. »Alles Humbug mit dem Glauben! Man braucht dazu überhaupt keinen Glauben. Was man wirklich braucht, ist Phantasie.« Er schob alles, was auf der Tischplatte zwischen uns stand, beiseite: Salzstreuer, Pommes frites, Ketchup, Gabeln, Messer. Ich war gespannt auf das, was sich vor meinen Augen ereignen sollte. »Wenn du Phantasie hast«, sagte er, »wie ein Körnchen Sesam« – er schob es mitten auf den leergefegten Tisch –, »sind dir alle Dinge möglich.«

Ich betrachtete das Sesamkorn, dann ihn. »Ich wünschte, ihr Erlöser könntet erst mal untereinander einig werden. Ich habe immer gedacht, man müsse Glauben haben, besonders dann, wenn sich die ganze Welt gegen uns wendet.«

»Nein. Ich wollte das, als ich noch arbeitete, zurechtrücken. Aber das war ein langer Kampf bergauf. Vor zwei- oder auch fünftausend Jahren hatte man kein Wort für Phantasie, und Glauben war noch das Beste, was man einem ziemlich ernsten Haufen von Anhängern zu bieten hatte. Und außerdem kannten sie keine Sesamkörner!«

Ich wußte, daß sie sehr wohl Sesamkörner besaßen, aber ich ließ ihm diese Lüge durchgehen. »Soll ich mir vorstellen, wie diese Materialisierung vor sich geht? Ich stelle mir eine bezaubernde, kluge, rätselvolle Frauengestalt vor, die auf einer Weide mitten in der Menschenmenge in Tarragon im Bundesstaat Illinois erscheint, ja? Gewiß kann ich das; aber das ist auch alles, das ist eben nur meine Phantasie.«

Verzweifelt warf er einen Blick zum Himmel, der im Augenblick aus einer Weißblechdecke und kalten Neonröhren von Em und Ednas Café bestand.

»Nur deine Phantasie? *Selbstverständlich* ist es deine Phantasie! Diese ganze Welt beruht doch nur auf deiner Vorstellungskraft, hast du das vergessen? *Wo dein Den-*

ken ist, da ist deine Erfahrung. Wenn ein Mensch denkt, existiert er. Das, was ich fürchtete, hat mich ereilt. Denke und werde reich: kreative Vorstellungskraft zum Spaß und zum Profit. Wie werde ich beliebt und bleibe mir selbst treu? Deine Phantasie verändert das Sein um keinen Deut, es wirkt sich überhaupt nicht auf die Realität aus. Denken wir an Traumfabriken von Hollywood, an Warner-Brothers-Welten, MGM-Lebzeiten; jede Sekunde davon besteht aus Illusionen und Phantasien. Alles Träume mit Symbolen, wie wir Tagträumer sie für uns selbst heraufbeschworen haben.«

Er arrangierte Gabel und Messer, als wollte er eine Brücke zwischen uns bauen. »Du möchtest wissen, was deine Träume bedeuten? Du solltest lieber fragen, was die Dinge, die dich täglich und als wacher Mensch umgeben, bedeuten. Du, der du in einer Welt voller Flugzeuge lebst.«

»Ja, Don, du hast recht.« Dabei wünschte ich, er würde langsamer machen und mir nicht alles auf einmal aufladen. Eine Meile pro Minute ist mir für meine Gedanken etwas zu schnell.

»Wenn du von Flugzeugen träumtest, was würde das für dich bedeuten?«

»Zuerst einmal Freiheit. Flugzeugträume bedeuten Flucht, Flug und Befreiung.«

»Wie deutlich soll ich es noch machen? Der Wachtraum ist dasselbe: Du möchtest dich von allem, was dich zurückhält, lösen: Routine, Autorität, Langeweile, Schwerkraft. Was du nicht erkannt hast, ist, daß du schon frei bist, immer frei gewesen bist. Hättest du nur einen Bruchteil der Freiheit dieses Sesamkorns hier, wärst du bereits Herr und Gebieter über dein Zauberreich. *Nur* Phantasie! Was sagst du dazu?«

Die Serviererin hatte ihm ab und zu einen neugierigen

Blick zugeworfen, während sie Geschirr abtrocknete, zuhörte und sich fragte, was das sein mochte.

»Also fühlst du dich niemals einsam, Don?«

»Nur, wenn ich es selber will. In den anderen Dimensionen habe ich Freunde, die manchmal um mich sind. Auch du hast sie.«

»Ich meine aber diese Dimension hier, diese imaginäre Welt. Zeig mir, was du meinst, demonstriere mir ein kleines Wunder des Magneten ... Ich will es wirklich lernen.«

»Zeig du es mir«, erwiderte er. »Um etwas in dein Leben hineinzuzaubern, stelle dir vor, es sei schon da.«

»Zum Beispiel was? Meine bezaubernde Frauengestalt?«

»Irgend etwas. Nicht deine Dame. Zuerst einmal etwas Kleines.«

»Und das soll ich jetzt üben?«

»Ja.«

»Einverstanden ... *Eine blaue Vogelfeder.*«

Entgeistert sah er mich an. »Eine blaue Vogelfeder?«

»Du hast gesagt: keine Dame, sondern etwas Kleines.«

Er hob die Schultern. »Also gut. Eine blaue Vogelfeder. Stelle sie dir vor in allen Einzelheiten, den Rand, die Spitze, V-förmige Zwischenräume, wo sie zerrissen wurde, Flaum um den Kiel. Nur eine Minute lang. Dann setz sie frei.«

Ich machte die Augen zu und sah im Geiste eine Vogelfeder, fünfzehn Zentimeter lang, blauschimmernd, mit Silbertönen am Rande. Eine helle, scharf umrissene Feder, die in der Dunkelheit schwebte.

»Wenn du willst, kannst du sie in einem goldenen Licht erstrahlen lassen. Das heilt und tut gut und hilft, sie wahr zu machen. Aber mit dem Materialisieren funktioniert es ebenfalls.«

Ich umgab die Feder mit einem goldenen Schein. »Wird gemacht.«

»So, das genügt. Du kannst die Augen wieder aufmachen.«

Ich machte die Augen auf. »Wo ist meine Feder?«

»Wenn du sie dir genau vorgestellt hast, dann rollt sie gerade mit aller Wucht auf dich zu wie ein dicker Brummer von einem Lastwagen.«

»Meine Feder? Wie ein Lastwagen?«

»Bildlich gesprochen, Richard.«

Den ganzen Nachmittag hielt ich Ausschau nach der Vogelfeder, aber sie erschien nicht. Erst am Abend, als ich gerade ein getoastetes Sandwich mit Puterfleisch aß, sah ich sie. Ein Bild, ganz kleingedruckt auf einem Milchkarton: *Abgepackt für Scott Dairies von den Blue Feather Farms in Bryan, Ohio.*

»Don! Meine Feder!«

Er sah hin und hob die Schultern. »Ich hatte geglaubt, du wolltest eine echte Feder haben.«

»Genügt das nicht für den Anfang?«

»Hast du dir nur eine separate, frei im Raum schwebende Feder vorgestellt, oder hattest du sie in der Hand gehalten?«

»Es war eine frei schwebende Feder.«

»Darum. Wenn du mit dem zusammensein willst, was du materialisierst, mußt du dich selbst mit ins Bild setzen. Verzeih, daß ich dir das nicht erklärt habe.«

Ein unheimliches, seltsames Gefühl. Es funktionierte! Ich hatte ganz bewußt etwas materialisiert! »Heute eine Feder«, sagte ich, »und morgen die ganze Welt!«

»Sei vorsichtig, Richard«, sagte er, und seine Stimme klang unheilverkündend, »oder es könnte dir leid tun ...«

15. Kapitel

Die Wahrheit, die du aussprichst,
hat weder Vergangenheit noch Zukunft.
Sie ist, und das ist alles,
was sie zu sein braucht.

Ich lag auf dem Rücken unter der Fleet und säuberte die Unterseite des Rumpfes von Ölspuren. Neuerdings spuckte der Motor weniger Öl. Shimoda flog einen Passagier und kam dann zu mir herüber. Er setzte sich ins Gras, während ich arbeitete.

»Richard, wie kannst du eine Welt, in der jeder hart arbeitet, beeindrucken wollen, wenn du selbst nichts weiter tust, als ohne ein Gefühl der Verantwortung in deinem antiquierten Doppeldecker herumzufliegen und den Leuten Rundflüge zu verkaufen?« Er wollte mich wieder einmal herausfordern. »Diese Frage wirst du mehr als nur einmal gestellt bekommen.«

»Nun, Donald, erstens: Ich bin nicht auf der Welt, um sie zu beeindrucken. Ich bin auf der Welt, um ein Leben zu führen, das mich glücklich macht.«

»Akzeptiert. Und zweitens?«

»Zweitens: Es steht jedem anderen Menschen frei, das zu tun, was ihm Spaß macht, um sich seinen Unterhalt zu verdienen. Drittens: Verantwortlich sein bedeutet die Fähigkeit, seine Lebensweise zu verantworten. Es gibt nur eine Person, der wir eine Antwort schuldig sind, und das ist . . .?«

»Wir selbst«, fiel mir Donald ins Wort und antwortete für eine imaginäre Anhängerschar.

»Selbst das brauchen wir nicht zu tun, wenn uns nicht danach zumute ist ... Unverantwortlich sein ist nichts Schlechtes. Aber die meisten von uns finden es interessanter, die Motive für unsere Handlungen, weshalb wir dies und jenes tun, zu erforschen: Ob wir lieber einen Vogel beobachten oder auf eine Ameise treten oder um des Geldes willen etwas tun wollen, das wir lieber nicht täten.« Ich fuhr zusammen. »War die Antwort zu lang?«

Er nickte. »Viel zu lang.«

»Also gut ... Wie willst du die Welt beeindrukken ...?« Ich rollte unter dem Flugzeug hervor und ruhte mich eine Zeitlang im Schatten der Flügel aus. »Wie wär's, wenn ich der Welt erlaubte, so zu leben, wie sie leben will, und mir erlaube, so zu leben, wie ich es will?«

Er warf mir ein glückliches, stolzes Lächeln zu. »So spricht ein wahrer Messias! Einfach, direkt, zitierbar und haarscharf an der Frage vorbei, es sei denn, man gibt sich die Mühe, darüber nachzudenken.«

»Frag mich bitte weiter.« Es war herrlich zu beobachten, wie der eigene Verstand arbeitete.

»›Meister‹«, sagte er, »›ich will geliebt werden, ich bin gütig, ich behandle andere, wie ich auch von ihnen behandelt werden möchte; aber trotzdem habe ich keine Freunde und bin ganz allein.‹ Was ist deine Antwort?«

»Gebe auf«, sagte ich. »Ich habe nicht die blasseste Ahnung, was ich darauf antworten soll.«

»WAS?«

»Ich sage das nur zum Spaß, Donald, um ein wenig Leben in die Bude zu bringen. Ein kleiner Tempowechsel, weiter nichts.«

»Ich rate dir, sehr vorsichtig mit dem zu sein, was du unter Leben in die Bude bringen verstehst. Die Menschen, die zu dir kommen, halten ihre Probleme nicht für

Witze oder Spiele, es sei denn, sie sind selber sehr fortgeschritten. Und gerade diese Sorte weiß, daß sie ihr eigener Messias ist. Die Antworten werden dir gegeben, also sprich sie aus. Versuch es auf die ›Gebe-auf‹-Tour nur ein einziges Mal, und du wirst erleben, wie schnell der Pöbel einen Mann auf dem Scheiterhaufen verbrennen kann.«

Stolz richtete ich mich auf. »Suchender, du kommst zu mir und willst eine Antwort haben, und wahrlich, ich sage dir: Die Goldene Regel funktioniert nicht. Wie wäre es, wenn du einem Masochisten begegnetest, der mit den Leuten das machte, was er von ihnen für sich erhoffte? Oder einem, der den Krokodilgott verehrt, der um die Gnade fleht, lebendig zu den Krokodilen geworfen zu werden? Selbst der gute Samariter, der mit dem Ganzen angefangen hat . . ., was hat ihm den Gedanken eingegeben, daß der Mann, der da am Wegrand zusammengebrochen war, Öl auf seine Wunden gegossen haben wollte? Was, wenn der Mann die ruhigen Augenblicke nur dazu benutzt hätte, um sich geistig zu sammeln, um dann der Herausforderung zu begegnen?« Ich fand, ich klang sehr überzeugend. »Selbst wenn die Regel abgeändert würde in *Sei zu anderen, wie sie wollen, daß man zu ihnen sein soll,* wüßten wir nicht, wie irgend jemandem außer uns selbst getan werden soll. Was die Regel bedeutet, und wie wir sie ehrlich anwenden, ist: *Sei zu anderen, wie du selbst fühlst, daß du zu ihnen sein möchtest.* Begegne einem Masochisten mit dieser Regel, und du brauchst ihn nicht mehr mit der Peitsche zu bearbeiten, nur weil er sich das von dir wünscht. Noch bist du verpflichtet, den Tiergottanbeter den Krokodilen zum Fraß hinzuwerfen.« Ich blickte ihn an. »Zu viele Worte?«

»Wie immer. Richard, du wirst neunzig Prozent deiner

Zuhörerschaft einbüßen, wenn du nicht lernst, *dich kurz zu fassen*!«

»Und was wäre verkehrt, wenn ich neunzig Prozent meiner Zuhörerschaft einbüßte?« entgegnete ich wütend. »Was wäre schon, wenn ich alle meine Zuhörer verlöre? Ich weiß, was ich weiß, ich sage, was ich sage! Und wenn das falsch ist, dann tut es mir leid. Ein Rundflug kostet drei Dollar, in bar!«

»Weißt du was?« Shimoda bürstete sich die Grashalme von seinen Jeans.

»Was?« sagte ich verstimmt.

»Du hast soeben bestanden. Wie fühlt man sich als Meister?«

»Verdammt frustriert.«

Er sah mich mit einem verschwindend kleinen Lächeln an. »Daran wirst du dich gewöhnen müssen«, sagte er.

Hier ist ein Test, um herauszufinden,
ob deine Mission auf Erden schon
beendet ist:
Solange du noch lebendig bist,
ist sie es nicht.

Haushaltswaren- und Eisenhandlungen sind immer langgestreckte Orte mit Regalen, die ins Unendliche führen.

In Hayward im Eisenwarenladen hatte ich wieder einmal ganz hinten im düsteren Licht nach Dreiachtelzollmuttern und Schrauben und Federringen für die Schwanzkufe der Fleet gesucht. Shimoda sah sich, während ich alles durchwühlte, geduldig um, denn natürlich brauchte er niemals irgend etwas aus einem Eisenwarengeschäft. Die ganze Wirtschaft eines Landes würde zusammenbrechen, gäbe es nur Leute wie ihn, die sich, was immer sie gerade brauchten, aus Verkörperungen und Luft fabrizierten und die Dinge ohne Ersatzteile oder Arbeitsaufwand reparierten.

Schließlich hatte ich das halbe Dutzend Schrauben gefunden und ging damit zur Theke, wo der Ladeninhaber leise Musik spielen ließ: *Greensleeves*, eine Melodie, die ich schon als Kind geliebt hatte. Diesmal drang sie auf einer Laute gespielt und über ein verstecktes Verstärkersystem an mein Ohr . . ., das für einen Ort von vierhundert Seelen recht eigenartig war.

Es erwies sich, daß es für Hayward allerdings merkwürdig war, denn dort gab es gar kein Lautsprechersystem. Der Eigentümer saß zurückgelehnt auf seinem hölzernen Schemel hinter dem Ladentisch und hörte zu, wie der Messias die Melodie auf einer billigen, sechssaitigen Gitarre spielte, die er vom Regal heruntergenommen hatte. Es klang herrlich. Ich stellte mich still dazu, bezahlte meine dreiundsiebzig Cent und ließ mich wieder von den Tönen gefangennehmen. Mag sein, daß der etwas blecherne Ton des billigen Instruments schuld hatte: Jedenfalls klang es wie aus einem nebligen, längst vergangenen England.

»Donald, das war wunderbar! Ich wußte gar nicht, daß du Gitarre spielst!«

»Tatsächlich? Dann glaubst du wohl auch, irgend jemand hätte zu Jesus gehen, ihm eine Gitarre geben können, und der hätte gesagt: ›Ich kann sie nicht spielen‹? Hätte er das wohl gesagt?«

Shimoda legte die Gitarre zurück auf das Regal und ging mit mir hinaus ins helle Sonnenlicht. »Sagen wir mal, es käme einer vorbei, der russisch oder persisch spricht, meinst du etwa, daß ein Meister, der seines Glorienscheins würdig ist, es nicht verstehen würde? Oder, wenn er eine D-10-Planierraupe fahren oder ein Flugzeug fliegen wollte, daß er es nicht tun könnte?«

»Du kannst also alles, nicht wahr?«

»Du natürlich auch. Ich weiß einfach nur, daß ich alles kann.«

»Und ich könnte so auf einer Gitarre spielen?«

»Nein, du würdest deinen eigenen Stil haben, anders als meiner.«

»Wie würde ich das anstellen?« Ich hatte nicht die Absicht, kehrtzumachen und die Gitarre zu kaufen, ich war bloß neugierig.

»Du mußt einfach alle Hemmungen und Überzeugungen, daß du nicht spielen kannst, überwinden. Berühre das Instrument, als sei es ein Stück deines Lebens, denn das ist es – in irgendeiner anderen Existenz. Sei überzeugt davon, daß du das Instrument gut spielst, und laß dir von deinem Unterbewußtsein die Finger führen und spiele.«

Ich hatte etwas darüber gelesen: Lernen durch Hypnose. Den Schülern wird erklärt, sie beherrschten die Kunst, und dann spielten und malten und schrieben sie wie Meister. »Es ist schwer, Don, meine Überzeugung, daß ich nicht Gitarre spielen kann, zu überwinden.«

»Dann wird es dir auch schwerfallen, Gitarre zu spielen. Du wirst es jahrelang üben müssen, ehe du dir selbst die Erlaubnis gibst, es richtig zu machen, ehe dein bewußter Verstand dir sagt, du hast dich lange genug gequält, du hast dir deine Fertigkeit verdient.«

»Warum brauchte ich denn dann nicht lange, um das Fliegen zu lernen? Das soll doch auch schwierig sein, aber ich habe es sehr bald gemeistert.«

»Wolltest du fliegen?«

»Ich war versessen darauf! Natürlich! Jeden Morgen sah ich auf die Wolken herab und den Rauch, der in der zittrigen Luft aus den Schornsteinen senkrecht emporstieg, und erkannte ... Ach so, jetzt kapiere ich. Du willst sagen: ›So hast du Gitarren gegenüber nie empfunden, nicht wahr?‹ – Dieses sinkende Gefühl im Magen, das ich jetzt spüre, Don, sagt mir, so hast du fliegen gelernt. Eines Tages hast du die Travel Air bekommen, und du hast sie geflogen. Niemals zuvor hast du in einem Flugzeug gesessen.«

»Mann, du bist aber intuitiv!«

»Du hast nie eine Flugprüfung gemacht, um eine Lizenz zu bekommen. Nein, warte: Du hast überhaupt keine Lizenz, stimmt's? Ich meine eine offizielle Flugerlaubnis.«

Er sah mich seltsam an, mit einem leisen Lächeln auf den Lippen, als hätte ich ihn herausgefordert, eine Flugerlaubnis zu produzieren, und er wäre sicher, er könnte es auch.

»Meinst du das Stück Papier, Richard? Ist es diese Sorte Lizenz?«

»Jawohl, das Stück Papier.«

Er langte nicht etwa in seine Jacke, um seine Brieftasche herauszunehmen, er öffnete einfach die rechte Hand. Da war ein Pilotenschein, als hätte er ihn die ganze Zeit dort gehabt, um ihn auf Verlangen vorzuzeigen. Er war weder verblichen noch eselsohrig. Ich war sicher, daß er vor zehn Sekunden noch gar nicht existierte.

Ich nahm ihn und betrachtete ihn. Es war eine reguläre Zulassung als Berufspilot und trug den Stempel des Verkehrsministeriums: *Donald William Shimoda,* mit einer Adresse in Indiana, zugelassen als kommerzieller Flugzeugführer, mit Eintragungen für ein- und mehrmotorige Landflugzeuge, Instrumentenflüge und Gleitflugzeuge.

»Hast du keine Eintragungen für Wasserflugzeuge und Hubschrauber?«

»Ich werde sie haben, sollte ich sie brauchen«, sagte er, und zwar in einem so geheimnisvollen Ton, daß ich in Gelächter ausbrach, ehe er einstimmen konnte. Ein Mann, der gerade den Bürgersteig vor dem Lagerhaus der International Harvester Company fegte, sah uns an und mußte ebenfalls lächeln.

»Und ich?« fragte ich. »Ich hätte auch gern eine Transportfliegerlizenz.«

»Deine eigenen Dokumente mußt du schon selber fälschen«, antwortete er.

17. Kapitel

In der Talk-Show von Jeff Sykes lernte ich einen ganz neuen Donald Shimoda kennen. Das Programm begann um neun Uhr abends und dauerte bis Mitternacht. Gesendet wurde aus einem Hörfunkstudio, kaum größer als ein Uhrmacherladen, vollgestopft mit Skalenscheiben und Drehknöpfen und Regalen, auf denen Magnetbandkassetten mit Werbespots gestapelt waren.

Sykes' Aufmacher bestand in der Frage, ob es nicht ein bißchen illegal sei, in einem uralten Flugzeug in der Gegend herumzufliegen und den Leuten Rundflüge zu verkaufen.

Die Antwort ist: Nein, daran ist nichts Illegales; die Maschinen werden genauso sorgfältig inspiziert wie ein Jumbo-Jet. Sie sind sicherer und widerstandsfähiger als die meisten aus Blech konstruierten modernen Maschinen. Man braucht nur eine Zulassung und die Genehmigung des jeweiligen Farmers. Aber Shimoda sagte es nicht. Er sagte: »Niemand vermag uns zu verwehren, das zu tun, was wir wollen, Jeff.«

Gewiß ist das richtig, aber es war eine denkbar undiplomatische Antwort angesichts von Zuhörern, die wissen wollten, was es mit diesen herumfliegenden Maschinen auf sich hatte. Kurz danach blinkte eine Lampe an Sykes' Telefonverbindung auf.

»Wir haben einen Anrufer auf der Leitung«, sagte Sykes. »Bitte sprechen Sie, meine Dame.«

»Bin ich auf Sendung?«

»Jawohl, das sind Sie. Unser Studiogast ist Mr. Donald Shimoda, der Flugzeugführer. Bitte sprechen Sie.«

»Gut: Ich möchte diesem Burschen erklären, daß nicht jedermann tun kann, was er tun möchte, daß es auch Menschen gibt, die hart arbeiten müssen, um sich ihren Lebensunterhalt zu verdienen, und zwar mit mehr Verantwortung, als dazu gehört, mit irgendeinem Zirkus in der Gegend herumzufliegen.«

»Diejenigen, die sich ihren Lebensunterhalt mit Arbeit verdienen, tun halt das, was sie am liebsten tun möchten«, antwortete Shimoda. »Genauso wie die Leute, die sich ihren Lebensunterhalt spielend verdienen . . .«

»In der Bibel heißt es aber: Im Schweiße deines Angesichts sollst du dein Brot essen – verflucht sei dein Acker, mit Kummer sollst du dich darauf nähren.«

»Auch das steht uns frei, wenn wir es wollen.«

»›Tu, was dir gefällt!‹ Ich hab's satt, das immer wieder zu hören, tu, was dir gefällt! Würden wir das jedem erlauben, so würden wir die Welt zugrunde richten. Sie wird ja sowieso schon jetzt zugrunde gerichtet. Man braucht nur die Augen aufzumachen und zu sehen, was mit der grünen Erde, mit den Pflanzen und Flüssen, mit den Meeren geschieht!«

Damit gab sie ihm eine Unzahl von Antwortmöglichkeiten, aber er ignorierte sie alle. »Es ist durchaus in Ordnung, wenn die Welt zugrunde geht«, antwortete er. »Es gibt eintausend Millionen anderer Welten, die wir erschaffen und unter denen wir wählen können. Solange die Menschen Planeten haben wollen, solange wird es sie geben, um darauf zu leben.«

Das schien nicht gerade dazu angetan, die Anruferin zu beruhigen. Ich warf Donald Shimoda einen überraschten Blick zu. Gewiß, er sprach aus seiner Sicht vieler Perspektiven und vieler Lebzeiten, er sprach von Erkenntnissen, an die sich nur ein Meister erinnern konnte. Natürlich vermutete die Anruferin, die Diskussion drehe sich um die Realität dieser einen Welt: Der Anfang ist die Geburt, das Ende ist der Tod. Er wußte das ..., weshalb schob er es beiseite?

»Alles ist in Ordnung, meinen Sie?« rief die Anruferin in ihr Telefon. »Es gibt also keine Schlechtigkeit auf dieser Welt, keine Sünde um uns herum? Das macht Ihnen nichts, beunruhigt Sie nicht?«

»Kein Grund zur Beunruhigung, liebe Dame. Wir sehen ja nur einen winzigen Ausschnitt des Ganzen, das wir Leben nennen, und dieser Ausschnitt ist nur Einbildung. Alles ist ausgewogen, niemand leidet, niemand stirbt, es sei denn, er wollte es. Niemand tut, was er nicht tun will. Jenseits von dem, was glücklich oder unglücklich macht, gibt es kein Gut und kein Böse.«

Nichts davon ließ die Frau am Telefon ruhiger werden. Aber sie gab sich plötzlich geschlagen und fragte ganz einfach: »Woher wollen Sie all das wissen? Woher wollen Sie wissen, daß das, was Sie sagen, richtig ist?«

»Ich weiß nicht, ob es richtig ist«, sagte er. »Ich glaube daran, weil es Spaß macht, daran zu glauben.«

Ich kniff die Augen zusammen. Hätte er nicht sagen können, er habe es ausprobiert, und es funktionierte ... Die Heilungen, die Wunder, die praktische Lebensweise, die sein Denken wahr und anwendbar machte? Aber er sagte es nicht. Warum nur?

Es gab einen Grund dafür. Ich hielt meine Augen nur einen Spalt offen. Ein Großteil des Senderaumes lag in einem schummrigen Zwielicht, Shimoda sah man nur schwach umrissen, als er sich zum Mikrofon beugte. Er sprach das alles ohne Umschweife, bot keine Alternativen an, gab sich keinerlei Mühe, den verblüfften Zuhörern entgegenzukommen.

»Jeder, der jemals etwas bedeutet hat, jeder, der jemals glücklich gewesen ist, jeder, der jemals der Welt ein Geschenk gemacht hat, hat es aus göttlichem Eigennutz getan, hat nur für seine eigenen Interessen gelebt. Es gibt keine Ausnahmen.«

Der nächste Anrufer war ein Mann. Die Zeit schien vorbeizurasen. »Eigennützig! Mister, wissen Sie, wer der Antichrist ist?« Einen Augenblick lächelte Shimoda. Er lehnte sich bequem zurück. Es war, als wäre der Anrufer ein alter Bekannter.

»Vielleicht verraten Sie es mir«, sagte er.

»Christus hat uns befohlen, für unseren Nächsten zu leben. Der Antichrist sagt, sei egoistisch, leb nur für dich selbst und laß die anderen zur Hölle fahren.«

»Oder zum Himmel, oder wo immer sie hingehen möchten.«

»Sie sind gefährlich, wissen Sie das, Mister? Was würde sein, wenn jeder auf Sie hörte und einfach nur das täte, was ihm beliebt? Was, glauben Sie, würde dann passieren?«

»Ich glaube, daß dieser Planet wahrscheinlich der glücklichste in diesem Teil der Galaxis sein würde«, antwortete er.

»Mister, ich weiß nicht, ob ich möchte, daß meine Kinder hören, was Sie da sagen.«

»Was wollen Ihre Kinder denn selbst gern hören?«

»Wenn es uns freisteht, das zu tun, wonach uns gerade zumute ist, dann steht es mir auch frei, auf die Wiese hinauszugehen und Ihnen mit meiner Schrotflinte Ihren blöden Kopf wegzupusten?«

»Natürlich steht Ihnen das frei.«

In der Telefonverbindung knackte es hörbar. Irgendwo in der kleinen Stadt war mindestens ein zorniger Mann.

Alle übrigen, auch die erzürnten Frauen, hatten sich ans Telefon gehängt. Jeder Knopf an der Schalttafel war erleuchtet und blinkte.

So hätte es nicht zu kommen brauchen. Er hätte dasselbe sagen können, nur mit anderen Worten, und niemand hätte sich auf den Schlips getreten gefühlt.

Es überrieselte mich wieder dasselbe ungute Gefühl, das ich in Troy hatte, als die Menge auf ihn eingestürmt war und ihn bedrängte. Es war Zeit, höchste Zeit, daß wir uns wieder verabschiedeten.

Damals, im Hörfunkstudio, war der Leitfaden auch keine Hilfe.

Um frei und glücklich zu leben,
mußt du die Langeweile opfern.
Das ist nicht immer
ein leichtes Opfer.

Jeff Sykes hatte allen seinen Hörern gesagt, wer wir waren, daß unsere Maschinen auf John Thomas' Feld neben der Landstraße Nr. 41 geparkt seien und daß wir nachts unter dem Tragflügel schliefen.

Ich spürte diese Wellen von Zorn von Menschen ausgehen, die für die Moral ihrer Kinder und die Zukunft amerikanischer Lebensphilosophie fürchteten. Alles das machte mich nicht gerade glücklich. Bis Sendeschluß war noch eine halbe Stunde. Es wurde immer schlimmer.

»Wissen Sie was, Mister«, sagte der nächste Anrufer, »ich glaube, Sie sind ein Scharlatan.«

»Natürlich bin ich das! Wir sind alle Scharlatane! Wir alle geben vor, etwas zu sein, was wir nicht sind. Wir sind weder herumwandelnde Körper, noch sind wir Atome und Moleküle, wir sind unzerstörbare Bestandteile des

Seins, wie sehr wir auch etwas anderes glauben mögen . . .«

Er würde der erste gewesen sein, der mich daran erinnerte, daß es mir freistünde wegzugehen, falls mir das, was er sagte, nicht paßte. Und er würde mich ausgelacht haben wegen meiner Furcht vor einem Lynchmob, der vielleicht mit Taschenlampen bewaffnet bei den Flugzeugen auf uns wartete.

18. Kapitel

Sei nicht verzweifelt,
wenn es ums Abschiednehmen geht.
Ein Lebewohl ist notwendig,
ehe man sich wiedersehen kann.

Und ein Wiedersehen, sei es nach Augenblicken,
sei es nach Lebenszeiten,
ist denen gewiß, die Freunde sind.

Am nächsten Mittag, ehe die Leute kamen und fliegen wollten, stellte er sich zu mir neben den Tragflügel.

»Weißt du noch, was du zu mir gesagt hast, als du mein Problem entdecktest? Daß niemand zuhörte, einerlei, wie viele Wunder ich vollbrachte?«

»Nein.«

»Erinnerst du dich nicht mehr an die Zeit, Richard?«

»Doch, daran erinnere ich mich wohl. Du hast auf einmal so verlassen ausgesehen. Ich erinnere mich nicht an das, was ich damals sagte.«

»Du hast gesagt, ich hätte tatsächlich ein Problem, wenn mein Glück davon abhänge, daß die Leute sich darum kümmern, was ich zu sagen hätte. Deshalb bin ich hierhergekommen, um das zu lernen: *Es macht nichts, ob ich mich anderen mitteile oder nicht.* Ich suchte mir diese ganze Lebenszeit aus, um mit irgend jemandem die Welt, so wie sie zusammengefügt ist, zu teilen. Ich hätte mir genausogut aussuchen können, gar nichts zu sagen. Das Sein braucht mich nicht, um irgend jemandem zu erklären, wie es funktioniert.«

»Das ist klar, Don. Das hätte ich dir auch sagen können.«

»Vielen Dank. Ich stoße endlich auf den Gedanken, dessentwegen ich überhaupt dieses Leben gelebt habe; ein Lebenswerk liegt hinter mir, und er hat nichts weiter zu sagen als: ›Das ist klar, Don.‹«

Er lachte, aber es war ein trauriges Lachen. Damals wußte ich noch nicht, weshalb.

19. Kapitel

Das Kennzeichen deiner Unwissenheit
ist die Stärke deines Glaubens an
Ungerechtigkeit und Unglück.

Was für die Raupe das Ende der Welt ist,
nennt der Meister einen Schmetterling.

Diese Worte des Handbuchs waren meine einzige Warnung am Tag vor dem Ereignis. Zuerst war es nur die vertraute, kleine, auf den Rundflug wartende Menschenansammlung. Sein Flugzeug rollte nach der Landung aus und stoppte neben ihnen mit einem Aufwirbeln des Propellerwindes, eine zwanglose, vertraute Szene, die ich vom Tragflügel der Fleet beobachten konnte, während ich sie auftankte. Im nächsten Augenblick gab es einen Knall wie von einem geplatzten Reifen, und dann explodierte das Menschenknäuel und spritzte auseinander. Der Reifen der Travel Air war unversehrt, der Motor lief ruhig im Leerlauf weiter wie im Augenblick davor, aber in der Bespannung unterhalb des Cockpits war jetzt ein fünfundzwanzig Zentimeter großes Loch. Shimoda, zur anderen Seite gedrückt, hing mit dem Kopf nach unten, sein Körper reglos wie im plötzlichen Tod.

Es dauerte ein paar tausendstel Sekunden, bis ich begriff, daß Donald Shimoda erschossen worden war. Im nächsten Augenblick ließ ich den Benzinkanister fallen, sprang von der oberen Tragfläche und rannte los.

Es hätte in einem Filmdrehbuch stehen oder eine

Szene aus einem Laienspiel sein können: ein Mann mit einer Schrotflinte, der mit all den anderen fortrannte und dabei so dicht an mir vorbeikam, daß ich ihn mit einem Säbel hätte treffen können. Jetzt weiß ich, daß er mir damals ganz gleichgültig war. Ich war weder zornig noch geschockt, noch entsetzt. Ich wollte nur, so schnell ich konnte, zum Cockpit der Travel Air gelangen, um mit meinem Freund zu sprechen.

Es sah aus, als hätte ihn eine Granate getroffen: Die linke Körperhälfte bestand nur noch aus durchlöchertem Leder, Fleischfetzen und Blut, eine einzige scharlachfarben durchtränkte Masse.

Sein Kopf hing über der Anlasserpumpe rechts unten am Instrumentenbrett. Hätte er seinen Rückengurt angeschnallt gehabt, wäre er nicht derart nach vorn geschleudert worden.

»Don! Bist du okay?« Welch närrische Frage!

Er schlug die Augen auf und lächelte, das Gesicht feucht vom eigenen Blut. »Richard, wie sieht es aus?«

Ich war gewaltig erleichtert, ihn sprechen zu hören. Wenn er reden und denken konnte, dann würde alles wieder in Ordnung kommen.

»Nun, wenn ich es nicht besser wüßte, würde ich sagen: Du hättest da ein kleines Problem.«

Er rührte sich nicht, bewegte nur ein wenig den Kopf. Plötzlich erfaßte mich wieder Angst. Seine Reglosigkeit war schlimmer als all das Blut. »Ich dachte immer, du hättest keine Feinde.«

»Ich habe auch keine. Das war . . . ein Freund. Besser, als daß . . . irgendein Rachsüchtiger . . . sein Leben um meinetwillen . . . ruiniert.«

Pilotensitz und Seitenabdeckung waren blutdurchtränkt – es würde Zeit und Mühe kosten, die Travel Air wieder zu säubern. Die Maschine selbst war nur leicht beschädigt.

»War das nötig, Don?«

»Nein«, antwortete er flüsternd und atmete kaum. »Aber die Vorstellung . . ., ich glaube, die hat mir gefallen . . .«

»Na, jetzt aber los! Rette dich rasch selber! Bei den Menschenmengen, die noch kommen werden, haben wir noch viel zu fliegen!« Aber während ich ihn aufzog, und trotz all seiner Weisheit und all seiner Erkenntnis der Wirklichkeit, sackte mein Freund Donald Shimoda das letzte kleine Stück vorwärts auf den Knopf der Anlasserpumpe und starb.

In meinen Ohren dröhnte es, die Welt geriet ins Trudeln, ich rutschte den zerfetzten Flugzeugrumpf entlang und ins nasse, rote Gras. Ich hatte das Gefühl, als ob das Gewicht des Leitfadens in meiner Tasche mich auf die Seite zöge. Als ich unten aufschlug, fiel er heraus. Der Wind fächerte die Seiten auf.

Entmutigt hob ich das Buch auf. Ist das das Ende, dachte ich, sind die Worte eines Meisters nur ein schöner Klang, die ihn nicht einmal gegen den Angriff eines tollwütigen Hundes auf irgendeinem Feld gefeit machen?

Ich mußte es dreimal lesen, ehe ich glauben konnte, was auf der Seite stand.

Alles, was in diesem Buch steht,
könnte auch falsch sein.

Bis der Herbst kam, war ich mit der warmen Luft nach Süden geflogen. Es gab nur wenige brauchbare Felder, aber meine Kunden wurden immer zahlreicher. Ein Rundflug im Doppeldecker war immer populär gewesen, und neuerdings blieben immer mehr bei mir, um sich auszusprechen und um über meinem Lagerfeuer ihre Marshmallows zu toasten. Ab und zu kam einer, dem eigentlich nichts fehlte, der aber behauptete, ein Gespräch mit mir hätte ihm geholfen. Am nächsten Tag sahen mich die Leute verwundert an, kamen näher, waren neugierig geworden. Mehr als nur einmal flog ich vorzeitig ab.

Es geschahen keine Wunder, obwohl die Fleet jetzt besser als je flog und weniger Treibstoff verbrauchte. Sie spuckte kein Öl mehr und tötete auch keine Insekten auf ihrer Windschutzscheibe oder ihren Propellerschaufeln. Zweifellos war es die kühlere Luft, oder aber die kleinen Biester waren cleverer geworden und wichen mir aus.

Trotzdem hatte ein Strom der Zeit an jenem Sommertag, als man Shimoda erschoß, für mich aufgehört zu fließen. Es war ein Ende, das ich weder glauben noch begreifen konnte. Es war dort steckengeblieben. Ich durchlebte es unzählige Male, ich hoffte vergebens, es würde sich irgendwie ändern. Aber es änderte sich nicht. Was hatte ich an jenem Tag lernen sollen?

Eines Abends, es war gegen Ende Oktober, hatte mich eine Menschenmenge im Staate Mississippi erschreckt. Ich war abgeflogen und auf einem kleinen, gelichteten Platz gelandet, der gerade groß genug für die Fleet war.

Wieder einmal dachte ich kurz vor dem Einschlafen an

jenen letzten Augenblick – warum war er gestorben? Es gab keinen Grund dafür. Wenn das, was er gesagt hatte, stimmte ... Jetzt gab es niemanden mehr, mit dem ich mich, wie einst mit ihm, unterhalten konnte, niemanden, von dem ich lernen konnte, niemanden, den ich zu überrumpeln hoffte, niemanden, an dem ich mich mit meinem frisch geschliffenen Verstand messen konnte. An mir selbst vielleicht? Kann sein, aber ich war nicht halb so amüsant wie Shimoda, dessen Lehrmethode aus einem geistigen Karate bestand, mit dem er mich stets aus dem Gleichgewicht brachte.

Dies ließ ich mir durch den Kopf gehen, bevor ich einschlief und träumte.

Er kniete im Gras einer Wiese, den Rücken mir zugewandt, und flickte gerade die Stelle in der Flanke der Travel Air, wo die Schrotlandung das Loch gerissen hatte. Neben ihm im Gras lagen eine Rolle von feinstem Segeltuch und eine Dose Zellon-Spannlack.

Ich wußte, daß ich träumte, ich wußte aber auch, daß es wirklich war.

»Don!«

Langsam richtete er sich auf, drehte sich zu mir um und belächelte meinen Kummer und meine Erleichterung.

»Hallo, alter Junge«, sagte er.

Vor Tränen konnte ich kaum sehen. Es gibt kein Sterben, es gibt überhaupt kein Sterben, und dieser Mann war mein Freund.

»Donald! ... *Du lebst!* Was machst du denn da?« Ich rannte auf ihn zu und warf die Arme um ihn, und er war wirklich. Ich spürte das Leder seiner Fliegerjacke unter den Fingern, drückte die Arme, die darunter waren.

»Hallo!« wiederholte er. »Entschuldige bitte, aber ich will gerade das kleine Loch hier flicken.«

Ich war so froh, ihn zu sehen – nichts war unmöglich.

»Mit Zellon und Segeltuch?« fragte ich. »Du willst mit Zellon und Segeltuch das Loch ...? Aber das ist doch nicht deine Art, *du siehst es wieder ganz,* bereits getan ...«, und als ich das sprach, fuhr ich mit der Hand über das zerfetzte, blutige Loch. Als ich die Hand wegzog, war kein Loch mehr da, nur das spiegelglatt lackierte Flugzeug, nahtlos bespannt von Bug bis Heck.

»So machst du's also!« rief er. In seinen dunklen Augen leuchtete so etwas wie Stolz auf einen etwas zurückgebliebenen Schüler, der nun endlich seine geistige Mechanikerprüfung bestanden hatte.

Ich fand es nicht seltsam; ich träumte, daß es so gemacht wurde.

Neben dem Tragflügel loderte ein morgendliches Feuer, auf dem eine Bratpfanne stand. »Du brutzelst etwas, Don! Weißt du, daß ich dich niemals etwas habe kochen sehen? Was ist es?«

»Maisbrot«, erwiderte er sachlich. »Das letzte, was ich dir in deinem Leben beibringen will, ist, dir zu zeigen, wie man das macht.«

Mit seinem Taschenmesser schnitt er zwei Portionen ab und reichte mir eine ... Ich kann es noch immer schmecken ..., eine Mischung aus Sägespänen, hart gewordenem Tapetenkleister, in Schweineschmalz gebakken.

»Na, wie schmeckt's?«

»Don ...«

»Die Rache des Phantoms«, erwiderte er und grinste. »Mit Gips angemacht.« Er tat seine Portion zurück in die Pfanne. »Es soll dich daran erinnern, daß du jedesmal, wenn du jemanden zum Lernen bringen willst, es mit deiner Weisheit und nicht mit deinem Maisbrot tust. Richtig?«

»NEIN! Liebst du mich, so mußt du auch mein Maisbrot lieben! Es ist das Brot unseres Lebens, Don!«

»Also gut. Aber ich möchte wetten, daß dein erstes Mahl auch dein letztes sein wird, wenn du deinen Gästen diesen Fraß vorsetzt.«

Wir lachten beide und waren still. Ich betrachtete ihn derweil.

»Don, es fehlt dir doch nichts, oder?«

»Glaubst du etwa, ich sei tot? Aber, aber, Richard.«

»Dann ist es kein Traum, den man vergessen hat, wenn man aufwacht?«

»Nein. Es ist kein Traum. Es ist eine andere Raum-Zeit, und jede andere Raum-Zeit ist ein Traum für den geistig gesunden Erdenbürger, der du noch eine Zeitlang bleiben wirst. Du wirst ihn nicht vergessen. Es wird dein Denken und dein Leben verändern.«

»Werden wir uns wiedersehen? Kommst du zurück?«

»Ich glaube nicht. Ich möchte jenseits von Raum und Zeit gelangen . . ., in der Tat befinde ich mich schon dort. Aber zwischen uns gibt es eine Verbindung, zwischen dir und mir und den anderen Mitgliedern unserer Familie. Falls dich irgendein Problem bedrückt, behalte es im Kopf, schlafe drüber ein. Wir werden uns hier bei dem Flugzeug treffen und, wenn du willst, darüber reden.«

»Don . . .«

»Was?«

»Weshalb die Schrotflinte? Warum mußte das geschehen? Ich sehe darin keinen Gewinn an Macht und Herrlichkeit, ausgerechnet von einer Flinte das Herz herausgeschossen zu bekommen.«

Er setzte sich ins Gras neben die Tragfläche. »Da ich kein Schlagzeilenmessias war, Richard, brauchte ich niemandem etwas zu beweisen. Und da du üben mußt, nicht von äußeren Dingen aus der Fassung gebracht zu werden, *und getröstet werden mußt*«, fügte er nachdrücklich hinzu, »brauchtest du einige blutrünstige Spektakel als Training. Und mir hat es Spaß gemacht. Sterben, das ist wie ein Kopfsprung in einen tiefen See an einem heißen Tag. Der Schock, der schneidend-kalte Gegensatz, eine Sekunde lang tut es weh, aber wenn man es dann akzeptiert, schwimmt man in der Realität. Wenn man es so oft getan hat, verliert sich auch die Schockwirkung.«

Nach einer langen Weile stand er auf. »Nur ein paar Leute wird es interessieren, was du zu sagen hast, aber das ist in Ordnung. Die Qualität des Meisters läßt sich nicht an der Größe seines Publikums messen, merk dir das.«

»Don, ich verspreche dir, ich werd's versuchen. Aber ich werde für immer aufhören, wenn mir die Aufgabe keinen Spaß mehr macht.«

Niemand hatte sich an der Travel Air zu schaffen gemacht, aber der Propeller drehte sich, der Motor spuckte kalten, blauen Rauch, sein kräftiger Klang erfüllte die Wiese. »Versprechen akzeptiert, aber . . .« Er sah mich an und lächelte, als hätte er mich nicht ganz verstanden.

»Akzeptiert, aber was? Sprich. Worte. Sag mir. Was ist falsch?«

»Du magst keine Menschenansammlungen.«

»Nein, nicht, wenn sie mich bedrängen. Ich unterhalte mich gern, ich mag den Gedankenaustausch, aber die Anbetung, die du erdulden mußtest, die Abhängigkeit . . . Ich hoffe, du verlangst das nicht von mir . . ., ich bin schon einmal weggelaufen . . .«

»Vielleicht bin ich schwer von Begriff, Richard, vielleicht schließe ich die Augen dem gegenüber, was du genau erkannt hast, und wenn ich es nicht erkenne, wirst du es mir bitte sagen, ja? Aber was hindert dich eigentlich daran, es niederzuschreiben? Gibt es ein Gesetz, das sagt, ein Messias könnte nicht niederschreiben, was ihm Freude und Spaß gemacht hat, was ihm gelungen ist? Und dann würden diejenigen, denen es nicht gefällt, was er sagt, seine Worte womöglich auf dem Scheiterhaufen verbrennen und mit Stöcken in der Glut herumstochern, statt ihn zu erschießen. Wenn ihnen gefällt, was er sagt, können sie seine Worte später noch einmal lesen oder sie auf ihre Kühlschranktür schreiben oder mit den Gedanken, die ihnen einleuchten, spielen. Ist irgend etwas mit dem Schreiben nicht in Ordnung? Mag sein, daß ich eben schwer von Begriff bin.«

»Du meinst in einem Buch?«

»Weshalb nicht?«

»Ja, weißt du denn, welche Arbeit . . . Ich hatte mir geschworen, niemals mehr ein Wort zu schreiben.«

»Oh, entschuldige«, sagte er. »Das ist es also. Das wußte ich nicht.«

Er setzte den Fuß auf die untere Tragfläche und schwang sich in den Führersitz. »Na ja. Bis dann, bleib standhaft und so weiter. Laß dich nicht von der Menge überwältigen. Bist du ganz sicher, du willst niemals mehr etwas schreiben?«

»Niemals mehr«, sagte ich. »Kein einziges Wort.«

Er hob die Schultern, streifte sich die Handschuhe über, schob den Gashebel nach vorn, und der Lärm des Motors explodierte und wuchs über mich, bis ich unter der Tragfläche der Fleet erwachte, das Echo meines Traumes noch in den Ohren.

Ich war allein, das Feld war so still wie grünherbstlicher Schnee, der lautlos über der Morgendämmerung und über der Welt niedergeht.

Und dann, nur zum Spaß und ehe ich ganz wach war, langte ich nach meinem Tagebuch und fing an zu schreiben, ein Messias in einer Welt von vielen, über meinen Freund:

1. *Und es begab sich einst, daß ein Meister vom Himmel zur Erde niederkam, geboren im heiligen Land Indiana . . .*